SCÈNES DE MA VIE PRIVÉE

DU MÊME AUTEUR

Aux éditions Fayard

UN ÉTAT D'ESPRIT
DIDIER DÉNONCE
LA CAUSE DU PEOPLE
DÉFISCALISÉES
SAINT-SÉPULCRE !
LA VIE QUOTIDIENNE DE PATRICK BESSON SOUS LE RÈGNE DE FRANÇOIS MITTERRAND
NOSTALGIE DE LA PRINCESSE (Prix Dumarest de l'Académie Française)
BELLE-SŒUR
LE CORPS D'AGNÈS LE ROUX
1974
ROMANS* (Dara (Grand Prix du roman de l'Académie française), La Statue du commandeur, La Paresseuse, Julius et Isaac, Lui)
ROMANS** (L'École des Absents, La Maison du jeune homme seul, Lettre à un ami perdu (Prix del Duca), Les Braban (Prix Renaudot, Prix Populiste), Accessible à certaine mélancolie)
ROMANS*** (Les Petits maux d'amour, Je sais des histoires, Vous n'auriez pas vu ma chaîne en or ?, Les Voyageurs du Trocadéro, Ah ! Berlin, Le Dîner de filles, Haldred)
MAIS LE FLEUVE TUERA L'HOMME BLANC
LE PLATEAU TÉLÉ
AU POINT
CONTRE LES CALOMNIATEURS DE LA SERBIE
PUTA MADRE
AVONS-NOUS LU ?
PREMIÈRES SÉANCES
MES VIEUX PAPIERS
L'INDULGENCE DU SOLEIL ET DE L'AUTOMNE
SCIENCE POLITIQUE

Suite en fin d'ouvrage

PATRICK BESSON

SCÈNES DE MA VIE PRIVÉE

roman

BERNARD GRASSET
PARIS

ISBN 978-2-246-83053-5

« Elle est trop dans son cœur, on ne l'en peut chasser. »

CORNEILLE

« Mais comment vivre ? Est-il possible de vivre ? »

BOULGAKOV

« … Or, je suis vieux ou presque. »

VERLAINE

« Heures nocturnes en noir avec des poignards et des loups. »

JOYCE

« Ces vers nous ont conduit du côté de Pigalle.
En retienne chacun ce qu'il a le mieux lu. »

ARAGON

« Le roman est paraît-il une œuvre d'imagination. »

Labou TANSI

1.

Mourir le cœur lourd. Cette expression – le cœur lourd – dont j'ai vérifié, Zoé partie, l'exactitude. L'explication de l'amaigrissement pendant un chagrin d'amour : le cœur pesant deux ou trois fois son poids habituel, il faut alléger le reste du corps si on ne veut pas tomber. Il y a aussi tourner en rond. Et faire les cent pas. Dans notre appartement de la rue des Trois-Frères (Paris XVIIIe), je tourne en rond et fais les cent pas. La chambre de Sabine est ma destination finale, avec son lit-bateau et ses livres illustrés. Il n'y a presque plus de jouets : Zoé en a emporté un certain nombre, ai jeté les autres. Les enfants ont trop de jouets. Les adultes aussi. L'heure la plus douloureuse est celle que ma troisième épouse – longtemps j'ai cru que le 3 était mon chiffre fétiche, vais devoir en changer – préfère : juste avant la fin du jour. Le soleil est encore debout mais on le sent fatigué. Il a hâte de retrouver son lit, c'est-à-dire nous. Nous tous. Il exprime une mélancolie sèche, la même que celle de Zoé ce jour de mars 2019 où elle me quitta pour quelques semaines qui deviendront des mois, puis des années, puis ce qui me restera de vie. Dans Montmartre, son ombre marche à mes côtés, surtout la nuit. Parfois, ma peine disparaît. À sa place, une jubilation inexplicable. Je me sens délivré avant de me rendre compte que je ne suis plus libre. Zoé m'a enfermé dans son silence. Cette impression d'avoir une plaie au bas-ventre par laquelle coulent sans cesse mon existence et ma raison.

Sa petite tête pointue penchée dans ce café de la rue Pigalle, l'après-midi de notre rencontre, au printemps 2006. Émerveillée d'être elle-même, éditrice stagiaire et primo romancière de 24 ans. Fraîcheur de ses regards amusés, lumière de ses sourires pensifs. J'étais moi-même dans la force ironique de mes 52 ans. Elle s'est levée. Elle devait retrouver chez eux son mari, un architecte débutant et donc sans chantier. Je ne l'ai revue que dix ans plus tard, au vernissage d'un peintre décédé ou sur le point de l'être. Je me souviens d'un vieux monsieur déambulant entre les flûtes de champagne mais c'était peut-être le frère de l'artiste venu assister au triomphe posthume de celui-ci.

Travaillant dans l'édition, c'était simple pour Zoé de me demander un manuscrit et ce n'était pas compliqué pour moi, édité par Éric Lorrain et Guillaume Lambert, de le lui refuser. À notre premier déjeuner, elle scintillait sur sa chaise de restaurant. Il y avait dans ses cheveux blonds mi-longs un mouvement léger qui encadrait son beau visage inquiet. Ses yeux verts avaient une force que j'attribuai à l'innocence alors que c'était celle de la réflexion. N'a-t-elle pas réfléchi pendant trois ans avant de m'abandonner ? Elle avait déboutonné le haut de son chemisier en jean. Elle s'habillait comme une étudiante en lettres modernes de la banlieue sud-ouest. Elle me posait une question après l'autre, tel un inspecteur de police. Je lui demandai si elle allait me mettre en garde à vue. Elle eut un rire vague. Sur le chemin du retour, nous ne nous embrassâmes pas. Je laisse à mon éventuel biographe le soin de raconter le premier baiser, quelques semaines plus tard, entre un romancier français de mère turque (62 ans) et une éditrice romancière d'origine italienne (33 ans) devant le vestiaire du théâtre de l'Odéon pendant une pièce de Tchekhov qui durait trois heures alors que le dramaturge russe avait souhaité qu'elle fût montée en 1 h 30, voire 1 h 45. Moi, je suis trop mélancolique. Ce fut un instant de grâce envoyé par je ne sais qui. Fiché dans ma mémoire comme un pieu dans un crâne.

N'avais pas encore trouvé chez un être humain ni même chez un animal tant de douceur. On y plongeait comme dans un bain à la température idéale. On avait l'impression, jour après jour, d'être gavé de sucreries qui étaient en fait une dangereuse drogue. Les attentions de Zoé ne s'arrêtaient jamais. Quoi que nous fissions d'anodin ensemble – prendre un autobus, regarder un match de football, manger une pizza –, elle accueillait la chose comme si c'était un événement dans notre vie amoureuse. Elle célébrait chaque journée comme une messe. J'aurais dû comprendre que cette application n'était pas réelle, que Zoé l'inventait tel un compositeur créant des harmonies. Elle avait compris qu'avec ma deuxième épouse Laetitia je manquais de tendresse et m'en a fourni une énorme quantité qui me laissa ébaubi, foudroyé, repu. Les séductrices commencent par vous ouvrir les hautes portes de leur paradis au-delà desquelles tout n'est qu'enchantement. Le jour où vous êtes séduit, elles exposent leurs exigences. Pour Zoé, c'était un enfant. Aujourd'hui, je me dis deux choses : que j'aurais dû le lui faire et que j'ai eu raison de ne pas le lui faire. Mes contradictions. Éric Lorrain et Guillaume Lambert ont été plus réfléchis que moi : ils ont fait l'enfant qu'on leur demandait, du coup les deux ont conservé leur jeune épouse. Les éditeurs sont plus intelligents que les écrivains. La preuve : ils font des livres sans devoir les écrire. Habitués à s'occuper des personnages acariâtres et douteux que sont la plupart des auteurs, ils sont comme ces coureurs à pied qui s'entraînent en altitude : ils redescendent au niveau de la mer devenus champions. Éric et Guillaume visitent chaque matin un hôpital : leur maison d'édition. Ils ont une blouse blanche dans leur tête et rassurent leurs malades écrivains à coups de paroles gentilles et d'aimables chèques. Ce sont de bons papas avec qui les femmes aiment coucher parce qu'elles ne sont pas leurs filles mais qu'ils vont s'occuper d'elles comme si c'était le cas.

Les premières soirées avec Zoé dans mon logement, aujourd'hui vendu, de la rue de Belgrade. Elle passait de longs moments nue devant la fenêtre, regardant la tour Eiffel. Les expatriés vivent dans le passé des villes où ils ont trouvé refuge. Leur fuite a été un retour vers l'enfance. Ma mère turque lisait, à Istanbul, *Nana* de Zola sous les draps. Quand elle se promenait dans Paris, elle retrouvait son lit de jeune fille. Et notre XIXe siècle. Zoé faisait ensuite un élégant plongeon dans le lit. Notre lutte tranquille commençait. L'amour entre nous était une évidence folle, puis la folie prit le dessus, mais elle dut attendre plusieurs mois, ces mois que j'ai l'impression aujourd'hui de porter comme un sac à dos rempli de cailloux. Combien de temps ce lourd bagage va-t-il m'empêcher d'en soulever un autre ? Le bonheur ancien m'étouffe. Il me chasse du présent, m'interdit l'avenir.

Outre la douceur, Zoé avait une arme supplémentaire : la légèreté. Ses jambes d'une longueur émouvante semblaient voleter au-dessus de nos corps agrippés l'un à l'autre. Ses bras, ombres aimables. Sa bouche n'avait qu'un goût, celui de l'air marin. Indications que je me trouvais confronté à un être fictif, qui ne pesait, à l'instar des elfes de Tolkien, d'aucun poids sur la terre. Nos nuits d'amour se terminaient peu avant l'aube, quand, après quelques minutes de sommeil, Zoé bondissait du lit et s'habillait en trente secondes, comme un soldat des forces spéciales. Elle prendrait sa douche au domicile conjugal, rue de Douai. Ce qui, une fois sur deux, réveillait son mari. Il ne lui demandait pas, disait-elle, d'explication. Nul besoin : c'était clair.

Poseuse légère de lourdes questions portant pour beaucoup sur le métier d'écrivain. Elle les formulait avec une prudence de petite fille en mauvaise santé, comme si l'écriture était sa maladie. J'avais l'impression qu'elle voulait se guérir avec mes réponses. Je finis par en déduire qu'elle était vide, elle qui donnait pourtant un sentiment de plénitude. Elle cachait sa vacuité, sa vacance, son inoccupation par un jeu permanent de paroles doucereuses et de regards fascinés. À son interlocuteur, qu'il soit un auteur, un amant ou un amant auteur, elle ne laissait pas de moment de répit. Elle était comme ces machines à envoyer la balle de tennis dont on se servait à la fin des années 60, quand j'ai appris à jouer.

Les séductrices, comme les séducteurs, sont des êtres incomplets. Ils ont besoin de l'air des autres pour respirer. Leur drame devient, au fil des années, leur obsession : trouver quelqu'un qui les délivrera du doute d'être et d'être là. À force de répondre à Zoé, ai fini par penser que j'étais intéressant, ce qu'elle contesta plus tard en me quittant. N'avais plus assez de chair sur l'os de mon crâne pour contenter cette mangeuse d'esprit. Elle n'avait plus besoin de moi, m'ayant grignoté à mort. Son obsession d'avoir un enfant de moi : elle pensait que ça la remplirait comme l'avait remplie, en 2013, la naissance de sa fille Sabine. Mais on était en 2016 – le 24 mars 2016 : jour de notre premier déjeuner en tête à tête, place de l'Odéon – et le vide était revenu dans son ventre ainsi que dans son esprit. Il lui fallait une nouvelle nourriture. Ça serait moi, puis notre enfant. Années de combat avec cette fluide et délicate ogresse, jusqu'à ce qu'elle se rende compte qu'elle ne trouverait plus rien en moi pour s'alourdir, qu'il lui faudrait se mettre en chasse d'un nouvel animal à dépecer, rôtir et manger. Je comprends aujourd'hui pourquoi, après ce jour de mars, j'ai tant hésité à embrasser Zoé. Je sentais qu'une histoire avec elle m'amènerait à la perte de ma personne au profit de la sienne. Ce texte est une tentative de récupérer mon être englouti dans cette grande jeune femme qui, quand je serai mort, ne sera plus jeune. Je veux qu'il exprime tout mon chagrin afin de le garder pour lui. Avais songé à l'appeler *Partir perdant*. Éric m'en a dissuadé. Aucun lecteur ne veut partir perdant, lire étant déjà une défaite.

L'amour n'est pas un sujet de roman, à moins d'échouer. C'est en se séparant que les couples accèdent à la poésie, les débuts d'une liaison ayant un caractère clownesque ou graveleux. Les amoureux ont un côté ripoliné, les deux partenaires s'étant repeint la figure par désir de plaire à l'autre. Avec Zoé, je n'étais plus mon ancien moi et elle n'était plus, avec moi, son dernier elle. La passion : comédie pas intelligente qui tourne mal. On n'envie pas les vieux couples. Pourquoi, alors, souhaiter en devenir un ? Je me souviens de notre premier baiser mais pas de la première fois où on a fait l'amour. La rapidité avec laquelle le sexe disparaît de la mémoire. Plus vite qu'une rage de dents. Ce qui prouve son peu d'importance. Même nos voyages, avant que nous ne nous installions avec Sabine dans une vie banale qui allait détruire notre couple, s'effacent. Me restent d'eux quelques moments bientôt transformés en instants. Un rire sur la promenade Strossmayer de Zagreb. Un chocolat chaud à la terrasse d'un grand hôtel moderne d'Hô Chi Minh-Ville. Angkor et Angkor. Les nuits grises de Caracas. Et surtout ce mois entier au Sheraton Grand Hotel & Spa d'Édimbourg : à peine quelques secondes de plus dans ma mémoire.

Pendant plusieurs mois, il ne fut question ni de son mari ni de sa fille. J'avais auprès de moi une créature libre comme un ballon de fête foraine. Il y avait quelque chose d'irréel dans sa totale disponibilité. Zoé effaçait, par sa présence, son monde et le mien. Chaque minute avec elle était comme aspirée par sa bouche souriante dans laquelle elle disparaissait. L'étrange mouvement de ses cheveux blonds contre ses joues : à peine humain. Elle semblait avoir été conçue à mon unique usage, sans autre lien avec la planète que celui avec moi. Son mari et ses parents s'occupaient de Sabine sans que Zoé s'inquiétât du sort de la petite fille, du moins était-ce l'impression qu'elle donnait. Voulait me donner ? Elle téléphonait à son enfant de temps en temps et lui parlait avec la même suavité qu'elle utilise aujourd'hui avec moi quand je l'appelle et qu'elle répond, cette voix qui lui disait d'être patiente, qu'elle reviendrait, alors qu'à moi elle dit le contraire. Après notre installation rue des Trois-Frères, je me rendis compte que le centre de la vie de Zoé n'était pas moi mais sa fille, ce que je jugeai normal avant de le trouver dangereux. Car Zoé était devenue, elle, le centre de ma vie, de par ma volonté et surtout de la sienne. Ce fut le premier avantage qu'elle prit sur moi. Je la laissai faire. J'aime bien laisser faire les gens jusqu'à ce qu'ils s'enferrent. Je les regarde me nuire, convaincu qu'avec le temps je leur nuirai davantage. Puis, je les oublie. Sauf qu'avec Zoé l'oubli n'a pas fonctionné. À mesure que les jours passent, sa personne s'impose de plus en plus à moi. Je pense à elle davantage que lorsque nous étions ensemble. Puisque je n'y pensais jamais, sinon comme à un meuble encombrant qu'il me faudrait un jour ou l'autre changer de place. Ou mettre à la cave. C'est moi qui suis à la cave.

Elle divorça en quelques semaines, comme moi. Se posa aussitôt la question du mariage. Dans notre chambre, les soirs, trop rares à mon goût, où Sabine dormait chez son père architecte, Zoé hurlait : « Si je ne suis pas ta femme, qu'est-ce que je suis ? Ta putain ? » Un an et demi plus tard, je fis ma demande à genoux dans notre petite cuisine de Montmartre, ce qui l'amusa. Elle aurait quand même préféré un restaurant gastro et une bague. Et ne pas avoir attendu un an et demi.

2.

Déjeuner avec mon fils, Henri, 24 ans. Ancien long petit garçon blond, a désormais une courte barbe noire. Des yeux marron clair où reste dans un coin le reproche d'avoir quitté sa mère Laetitia. M'avait vu par hasard avec Zoé devant Sciences-Po rue Saint-Guillaume. Commentaire : « La meuf est beaucoup plus jeune que toi. » Je l'ai invité dans une brasserie de Montparnasse pour lui parler de moi mais quand nos enfants acceptent de nous voir, c'est pour nous parler d'eux. Henri a vécu un an et demi avec une jeune Française à Londres : elle banquière, lui enseignant de français. Londres : la ville toujours réinventée par les expats, qu'ils soient poètes comme Verlaine et Rimbaud, communards comme Vallès, serbes comme Tsernianski, traducteurs comme Thomas ou empereurs comme Napoléon III. La poésie sévère des lieux londoniens cultes : tombe de Karl Marx, Hyde Park Corner, Abbey Road, Covent Garden. Les villes qui ne sont pas nouvelles sont du passé. Dans le regard d'Henri, quand il parle de Londres, je vois sa jeunesse perdue. Son épopée calme terminée, mon fils devra désormais vivre la réalité, sans Annette puisqu'ils se sont séparés après leur retour à Paris. Elle voulait ou assurait vouloir un mariage religieux et un enfant, Henri ne se sentait pas prêt. Comme moi avec Zoé. Le mieux est de dire qu'on est prêt même quand on ne l'est pas, ça évite le chagrin. Leur demander l'impossible est la bonne manière d'éloigner de nous les gens que nous n'aimons plus. Puisque c'est comme ça, murmure – ou crie, selon son caractère – la boudeuse qui se félicitera, jusqu'à sa vieillesse, d'avoir rompu avec nous à temps, pour revenir dans l'ordre des familles. Annette a pris un poste à Boston. L'avantage d'être banquier, c'est qu'il y a des banques partout. Elle et mon fils ne se parlent pas ni ne s'écrivent. Il pense à elle. Pense-t-elle à lui ? Il y aurait une bonne manière de le savoir : prendre un billet d'avion pour le Massachusetts. « Surtout pas », grince l'homme dont j'ai raté l'enfance et l'adolescence comme tous les pères volages et voyageurs. Les stratégies d'évitement de la jeunesse. Jeux de l'orgueil et du hasard. Épreuve d'équilibre mental et sentimental. La surcommunication favorise les erreurs d'expression et de compréhension. Faisceau d'énigmes dans lesquelles je vois les ados du métro ou du bus se battre avec l'aide de leur téléphone. Se rendre aux États-Unis serait, pour Henri, se rendre. Il me décrit la tristesse que je ressens : l'ennui, dans une nouvelle rencontre, après cinq minutes. Toutes ces filles, dit mon fils, qui parlent d'elles avec une indulgence hallucinée, comme si on était leur copine. Dans un dîner en tête à tête, se retenir de regarder l'heure. Prétexter une grande journée de travail le lendemain pour quitter tôt le restaurant ou le bar à tapas. « Quand j'embrasse une fille, j'embrasse un mur. » Et quand il lui fait l'amour ? « Je saute le mur. » Sourires du père, du fils et de l'esprit sain.

Je nous observe, moi en chemise flottante et Henri en bermuda, victimes de la même déconvenue amoureuse à quarante ans de distance. Ma mélancolie est plus forte que la sienne car elle sera moins longue, donc plus intense. Il y a la mort au bout alors qu'Henri n'a pas cette patiente guillotine en perspective. Ma rupture avec Zoé me chasse du présent, le passé devenant pour moi, avec la mort, le seul endroit où aller. L'homme sans femme n'existe pas. C'est pourquoi j'ai vécu avec des femmes – 9 en 46 ans, j'ai compté – toute ma vie, sinon je n'aurais pas eu de vie. Je dis à Henri que j'aimerais revoir le logement de sa mère où j'ai habité quand j'étais jeune et quand il était un enfant. Ces années où le temps s'était immobilisé dans cet appartement du sixième étage où je ne pourrais plus vivre aujourd'hui, ma phobie des ascenseurs ayant pris des proportions dramatiques. Je nous revois, Laetitia et moi, nouveaux amants de 40 ans, longs et minces sous le ciel du Ve arrondissement. « Je ne sais pas si maman serait d'accord. – On n'a pas à lui dire. »

Henri semble choqué par ma désinvolture. Comme si ça représentait un risque pour lui de ne pas tout dire à Laetitia. La terreur dans laquelle vivent les hommes ayant été élevés par leur mère sans la protection d'un papa. Mon fils n'ose pas me dire non mais, dans le taxi qui nous amène boulevard Arago, le pense fort. Cette hostilité secrète à mon égard, enveloppée de tendresse chagrine. Déjà, petit, prenait le parti de mon ex-épouse avant d'écouter mes explications, regrets, excuses. Sa colère – ma colère ? – bourdonne derrière son haut front. Même ses genoux nus ont l'air fâché.

La visite de l'appartement me fait comprendre le sens du mot passé. Dans mon souvenir, les murs gris étaient blancs. Notre chambre, si grande au début de notre mariage, apparaît dans toute sa modestie, sa solitude. L'amour pousse les murs. Les livres, dans ce bureau minuscule où j'écrivais mes romans, n'ont pas changé de place. Les Richard Stark empilés à la place qui fut autrefois celle du fax. Quand disparaîtra cette succession de regrets ? À ma disparition ? Les Stark, comme les Kenny, rares ou même introuvables chez les marchands de livres anciens. Pourquoi ? Se vendaient – donc étaient imprimés – à des centaines de milliers d'exemplaires. Tous détruits par le feu comme les bouquins que lisait Dashiell Hammett après sa sortie de prison ? Je n'entre pas dans la salle de bains. Par peur d'y trouver Laetitia se démaquillant en été 1992 ? Ou en train de se brosser les dents en automne 2001 ? Toutes ces années de notre amour.

Je regarde la cuisine. Mon ex-épouse n'achète plus d'eau minérale, sur les conseils de son fils : il y a, selon lui, du plastique dedans. Il est vélo et eau du robinet, comme toute sa génération écologiste. La télé a disparu : ma seule amie de la famille. Le canapé blanc du salon où, les dernières années de notre mariage, je commençais toutes mes nuits pour laisser à Laetitia le temps de s'endormir. Me sentir à côté d'elle dans le lit l'empêchait de trouver le sommeil. La dégradation de notre couple après vingt-cinq ans de mariage, je la retrouve dans chaque pièce. J'aimerais remonter les volets pour laisser entrer la lumière de Paris dans ce cimetière de mes sentiments mais je sens qu'Henri ne le supporterait pas. Craindrait que sa mère ne découvre qu'on n'a pas descendu les volets comme elle l'avait fait. Je ne reverrai donc pas le Sacré-Cœur où je pensais vivre un jour mais pas si seul. Ces petites pièces sombres comme ma vie. Et celle de Laetitia ? Le grand soleil de notre amour naissant en 1992. Sa beauté inouïe, presque insoutenable, qui éclairait chacun de mes petits déjeuners. J'aurai de quoi, en mourant, regretter la vie. Quand je pense que, un quart de siècle plus tard, j'en étais venu à faire pipi assis. Zoé tombée au bon moment dans ce champ de bataille où il y avait trois blessés graves. Dont un en train de mourir : moi. L'Italienne a été mon ambulance avant d'être mon corbillard.

Henri et moi nous séparons en bas de l'immeuble. Sa longue silhouette nordique élégante que lui a léguée Laetitia. Dans ses yeux, la colère ne s'est pas éteinte. Je lui demande dans quelle direction il va. Il me montre le Val-de-Grâce. Souffrant ? Non : rendez-vous avec des potes chez Bullier, à Port-Royal. Les potes l'ennuient moins que les filles parce qu'il n'a pas à les aimer. Ils le reposent de sa froideur, c'est-à-dire de son désespoir. Je dis que je vais aux Gobelins, c'est pour ne pas marcher avec lui. Nous nous quittons fâchés mais chacun comprendra, quelques minutes plus tard, que ni l'un ni l'autre n'a la force de se priver d'un père pour l'un et d'un fils pour l'autre. Et se croiseront, dans quelques minutes, nos deux messages de réconciliation.

3.

Au mois d'août suivant, je retrouve Éric Lorrain dans un café du carrefour Bac, son quartier. C'est une belle matinée d'été, pas trop chaude. Éric a rencontré Gwendoline le jour de mon premier déjeuner avec Zoé : 24 mars 2016. Il l'a épousée un an plus tard. Gwendoline était partie en mai 2017 mais elle lui est revenue. Il n'est pas un barbon pleurnichard comme moi. Mais un patron tranquille, habitué à gérer plusieurs ego par jour. Les écrivains sont des bébés dont l'éditeur change les couches quand ils pleurent, a-t-il l'habitude de dire.

Zoé ne reviendra pas, je le sens par tous les picotements affligés de ma chair. Parce que je l'espère ou parce que je le crains ? Hier, pour la première fois depuis notre séparation en mars dernier, j'ai fait l'amour avec une autre femme. Une violoncelliste belge de passage à Paris pour un enregistrement de Bach. L'ai trouvée dans un de ces dîners parisiens où on trouve tout, comme chez les quincailliers indiens. Elle m'a suivi rue des Trois-Frères et je me suis demandé si c'est à force d'écarter les cuisses pour jouer de leur instrument que les violoncellistes deviennent des femmes faciles. La Belge, dans l'escalier, m'a prévenu qu'elle ne portait pas de culotte. J'ai compris, alors, qu'elle m'aiderait à vivre, au moins un jour de plus. C'était comme si quelqu'un ouvrait la porte de ma prison et me disait sur un ton badin : « Sors de là et que je ne te voie plus. » J'effaçais Zoé avec cette gomme qui a fait ses preuves : le pénis. Ce soulagement énorme – libération après des mois de détention – est-il provisoire ou définitif ? Sans me soucier de répondre à cette question pourtant cruciale, je me contente de respirer le bon air de liberté retrouvée. Craignant de retourner au trou, comme on disait à l'armée, après ma perm de quarante-huit ou soixante-douze heures. Écrivant ceci – ce livre que j'ai commencé, ainsi que le disait George Sand, « pour m'occuper et me distraire » –, je ne sais toujours pas si j'ai retrouvé la paix, et donc la vie, pour quelques jours ou pour toujours. Je profite de mon soulagement qui vient après des mois de souffrance, comme le malade à qui son médecin sadique accepte enfin de donner un patch de morphine.

Tous ces cafés devenus les cafés de ma jeunesse où je continue de donner mes rendez-vous ou de m'installer seul en attendant une séance de cinéma. Ne comprends pas les gens qui s'assoient à une terrasse alors qu'ils n'attendent rien ni personne. Leur bière immobile. Depuis mon adolescence, je vois plusieurs films par semaine, de préférence le matin. Ils m'ont secouru à chacune de mes grosses déceptions amoureuses. Je regarde ces cadavres, mes chagrins, étendus au bord de ma vie insensée. Dans une existence, tous ces départs, disparitions, oublis.

Je me présente à la table d'Éric en même temps que la serveuse mais moi je ne lui apporte pas des œufs sur le plat. Il me dit que d'habitude c'est Gwendoline qui les lui prépare mais qu'elle rentre aujourd'hui de Slovaquie où elle est allée présenter leur fille Athalie à sa mère. Pourquoi n'y est-il pas allé ? « À cause de types comme toi. » Des types comme moi ? « Les auteurs. » Après notre rendez-vous, ira chercher son épouse et leur enfant à Charles-de-Gaulle. La proportion de gens qui appellent Roissy Charles-de-Gaulle et de ceux qui appellent Charles-de-Gaulle Roissy ? Éric attaque ses œufs sans me proposer d'en commander moi aussi. Avec tout l'argent que je lui ai fait perdre, c'est normal. Mais ce n'était pas le sien. Dans le post-capitalisme, on ne sait plus à qui appartient l'argent. Circule trop vite.

Son grand front pâle d'intellectuel surmené. Ses yeux bougent beaucoup, à la recherche d'un succès de librairie. Une bouche calme qui sait sourire en disant non. Un éditeur est un agrégé qui a les mains sales d'un garagiste. Il range les auteurs comme les voitures. Il y a toujours un truc qui déconne dans le moteur du texte. Penché pour trouver la panne. Je propose un roman à Éric. Il soupire avec tristesse : « Enfin une bonne nouvelle. » Je lui dis que c'est sérieux. Il ne me demande pas le sujet car, pour lui, ils se valent tous. Je lui dis quand même que ça parle de moi. « Tu m'étonnes. – Et de nous. – Qui : nous ? – Nous tous. – Nous tous sur la terre ? Tu veux refaire *Les Hommes de bonne volonté* ? Je te préviens : 27 volumes, tous ratés sauf un mais je ne me rappelle pas lequel. – Le premier : *Le 6 octobre*. – Avoir écrit 27 volumes d'une saga et rester célèbre pour une farce d'une centaine de pages : *Knock*. – Non, nous. Qui avons épousé des filles jeunes et qui nous sommes rendu compte que ça nous vieillissait. Toi, moi, Guillaume, Bob. – Les femmes, ce sont les mêmes ? – Oui, les nôtres. – Elle va déguster Zoé, non ? – Je ne sais pas, je n'ai pas commencé. – Tu attends le contrat, comme d'habitude. – Enfant je voulais être tueur à gages : j'ai signé des contrats mais n'ai tué personne. – Plusieurs de tes éditeurs sont morts. – Six sont morts, mais onze vivent encore. – Tu as eu 17 éditeurs ? – Oui, mais seulement trois épouses. » Éric m'enverra le contrat dans la semaine. Comme je n'ai pas d'agent, c'est moi qui parle d'argent. Le sujet est évacué en une minute : Éric dit oui. Je n'ai pas demandé beaucoup, autant par modestie que par lucidité. Je n'ai tué aucun éditeur mais j'ai l'impression que pas mal de mes lecteurs sont morts, vu le peu qu'il en reste. La matinée sera ensuite consacrée aux problèmes innombrables de l'édition. Je me demande pourquoi Éric a choisi ce job, vu les inconvénients qu'à ses yeux il comporte. La banque, c'était plus calme. Les médias, plus sûr. Il n'aurait pas eu à supporter les auteurs, ni à les épouser.

Sur le trottoir, couples de femmes bien déshabillées. L'exposition des nombrils. Jambes dansantes glissant le long des terrasses, fesses dures prises dans des pantalons clairs trop serrés. Le spectacle féminin sans fin obsède les regards. Les ventres nus des inconnues. Douces épaules carrées entre lesquelles se balancent des queues-de-cheval blondes. Femmes sauvages aux cheveux lisses, la bouche pleine de rires cachés par leur téléphone. Le nombre de filles avec qui on n'a pas fait l'amour dans notre vie sera toujours supérieur au nombre de filles avec qui on l'a fait avant notre mort. Le séducteur décède en se tordant de regret : ces millions de créatures superbes qui coucheront avec d'autres que lui. Le 24 mars 2016 – ce jour historique à plus d'un titre de roman –, Gwendoline Kucka (prononcer Kouchka) est entrée dans le bureau d'Éric Lorrain, rue du Dragon. Il était trois heures de l'après-midi, le moment où les éditeurs reviennent de déjeuner avec un best-seller ou un juré de grand prix littéraire. Quand c'est un écrivain qui se vend mal, ils mangent plus vite. À moins que l'éditeur, débonnaire pour cause de provisoire bonne place dans les listes des meilleures ventes, ne vous ait choisi pour vous confier sa vie, plus intéressante que vos œuvres monumentales. Gwendoline est grande. Beauté noire absolue, avec un corps constitué pour la guerre amoureuse.

Un visage dont la finesse scandinave serait restée trop longtemps, deux ou trois siècles environ, exposée au soleil. Mlle Kucka était recommandée par un prof de fac, ami d'Éric depuis Normale Sup. Les grands bourgeois font de grandes études, ce qui leur permet de dominer les petits. Devant la majesté de Gwendoline, Éric se leva et pria la jeune fille de s'asseoir, puis il se rassit. Il n'avait jamais eu d'aventure avec une femme de couleur. Elles sont rares dans notre milieu et souvent mariées à un ingénieur ou un médecin européen avec qui elles ont fait deux ou trois enfants avant de s'asseoir devant un ordinateur. La Slovaque avait apporté un manuscrit. Éric promit d'examiner avec attention ce texte qu'il s'empressa de confier à un de ses conseillers littéraires. Comme s'il lui brûlait les doigts qu'il avait ultra-sensibles depuis son coûteux divorce, trois ans plus tôt, avec sa femme cinéaste mère de ses deux enfants : Luc (27 ans) et Sarah (21 ans). Désormais installée à Rome avec un chanteur d'opéra hongrois de son âge (53 ans).

À l'époque, Éric me demanda comment il était possible qu'une Slovaque fût noire, me considérant, du fait de mon engouement médiatisé pour le socialisme réel, comme un spécialiste des pays de l'Est, avant et après la chute du mur de Berlin. Dans les films ou les séries se passant dans la capitale allemande, on voit peu la ville. Sans doute la municipalité délivre-t-elle les autorisations de tournage au compte-gouttes. Chaque image d'elle me touche. Berlin : le palais des catastrophes politiques et guerrières. J'aime l'air défait de ses rues pleines de mauvais souvenirs. L'Est toujours à l'est, l'Ouest encore à l'ouest. Les temples de la musique techno recueillant des milliers de trépigneurs dopés au crack et vivant la même jeunesse que, un siècle plus tôt, communistes disparus et nazis enfouis. J'expliquai à mon éditeur que, sous le socialisme, de nombreux jeunes Africains venaient faire leurs études à Bucarest, Budapest, Belgrade ou Bratislava. Il arrivait, mais c'était rare, qu'ils se marient avec une autochtone. Ils restaient alors vivre sur place. Le père de Gwendoline, aujourd'hui décédé, était sans doute l'un d'eux. La Slovaque m'apprit par la suite que le Congolais avait changé son nom, Koulika, en Kucka. La romancière, demandai-je à Éric, n'était-elle pas plutôt métis que noire ? « Pour une métisse, elle est bien noire. » Sans doute donnait-elle une explication dans son livre, les premiers romans étant souvent autobiographiques. « Je vais récupérer le manuscrit. Le problème, c'est que je ne me souviens plus à qui je l'ai filé. Je poserai la question au prochain comité. »

Le conseiller littéraire trouva l'ouvrage bon. Éric décida de ne pas le publier, malgré d'autres avis favorables du comité de lecture. Il était tombé amoureux de l'auteur et craignait, pour elle comme pour lui, qu'on ne le soupçonnât de publier Gwendoline Kucka parce qu'elle était sa maîtresse qu'elle n'était pas encore et non pour les qualités de son livre. Il pria son ami Guillaume Lambert, PDG d'une maison concurrente mais appartenant au même groupe, d'éditer l'ouvrage, ce qui fut fait en septembre de la même année. Sans succès. Cela n'affecta pas les amoureux bouleversés devenus amants insatiables. Rien n'affecte les amoureux, au début. Ils portent une armure qui les protège de tout. C'est après que les petites choses les blessent et les séparent.

4.

24 mars 2016. Journée bleue de ce bleu méditerranéen de ce restaurant où nous déjeunons : La Méditerranée, place de l'Odéon. Ce roman se passera beaucoup à table, où j'ai bien vécu. Dans déjeuner, il y a jeune. Et jeûne. Et dé. Jamais un déjeuner n'abolira le hasard. Te voilà en face de moi, arrivée en avance de trente minutes. Comme moi. Qui croyais avoir le temps de lire les journaux. C'était l'époque où j'en achetais, comme de nombreux Français. Dans le métro, disparition des quotidiens et des magazines, *idem* dans les bus. On dirait qu'ils sont désormais interdits, comme la cigarette. Ai rêvé cette nuit d'une vieille dame qui fumait dans un autobus. Ou était-ce le métro ? Aucun passager ne lui faisait de remarque. Lâcheté ou délicatesse ? La grande question : suis-je lâche ou délicat ? J'ai oublié de quoi nous avons parlé, Zoé et moi. De quoi nous avons parlé pendant trois ans. Est-ce la preuve que je l'ai aimée ou celle du contraire ? Il semblerait que je ne l'ai pas écoutée.

Mais m'a-t-elle dit quelque chose ? Le silence où elle me laisse aujourd'hui n'a-t-il pas toujours été le nôtre ? Reconstituer sa figure. L'équilibre dans le désordre des traits. La bouche tremble. Les yeux cherchent à voir autre chose que ce qu'il y a devant eux. L'ovale du visage : avant, il était rond, ce que je découvrirai bientôt dans l'album de la famille Teurlay. Cette petite fille ronde en quête de passion et d'aventure qu'elle est encore dans sa tête. Je l'aime à présent comme elle m'aimait naguère, c'est donc à mon tour de souffrir. Son absence fait le vide dans mon cœur : il n'y a plus de place que pour elle et elle ne l'occupe pas.

Marine Le Pen, le 24 mars 2016, en visite au Canada et au Québec. Les élus locaux qui refusent de la rencontrer. Donald Trump fait la course en tête à la primaire républicaine. Le fou du moi. Les dégâts de sa mandature seront, à terme, limités. La société avale les fous, seuls les génies lui restent en travers de la gorge. Ce qu'il y a de plus banal dans l'actualité : les événements. On découvrira un jour que rien ne s'est passé, ni ne se passe, ni ne se passera. Jusqu'au final étouffement. Qu'on me donne une seule bonne raison de sauver la planète. Abrégeons nos souffrances. Et celles des animaux.

L'aimais-je ou aimais-je son amour ? Il me manque comme nous manque de l'eau minérale froide après une méchante cuite au vin rouge bouchonné. Mon épouse – pas encore, à l'heure où j'écris ces lignes, divorcés – parasitera ce texte autant de fois que je le jugerai bon. Omar Sy voisin, à Los Angeles, de Miley Cyrus en mars 2016. Pas étonnant qu'il se sente chez lui à L.A. : grande banlieue où ne manque que le RER. Moi aussi, en hiver 1987 et en automne 1995, ai eu envie d'y rester. Romainville sous le soleil multiplié par dix ou plutôt cent. Ce roman sera-t-il un remake de ceux que publiait Aragon à la fin de sa vie où il écrivait n'importe quoi dans le désordre ? Le drame d'être lu plus grave que celui de ne pas l'être ? Ne pas abuser non plus des points d'interrogation. Il n'y en a pas dans Céline. Il ne s'interrogeait pas. Aurait dû ? Les vieux doivent apprendre à vivre sans amour, c'est l'examen final avant le passage dans la classe supérieure : le décès. Organiser le désert de leur vie. Multiplier les distractions dans la prison de leur corps blessé. Je me demande comment les gens qui n'écrivent pas arrivent à vivre, les éditeurs par exemple. Éric et Guillaume, qui jugent de ce qu'ils ne savent pas faire. Ou ne veulent pas faire. Car leurs lettres – surtout celles de refus qu'ils me font parfois lire – sont meilleures que la plupart des romans édités sous leur bannière. Ont choisi la vie, bien placés pour savoir – pour voir – qu'écrire c'est la mort. S'en approcher, tourner autour, la couver des yeux. Creuser toute sa vie une tombe dans laquelle on basculera oublié.

Obama à Buenos Aires quarante ans après la CIA. Sans s'excuser de son aide à la dictature de Videla. Timides regrets. Le 24 mars 2016, Denis Sassou-Nguesso réélu avec 60 % des voix. Pour l'Afrique, c'est peu. Aurait-il truqué les vrais résultats qui lui donnaient 95 %, ce qui aurait paru louche à la communauté internationale ? Cette communauté internationale qui n'en fout pas une rame et qui pourtant règne sur les nations. Comme les réseaux sociaux rebaptisés réseaux car peu sociaux. On a enfin trouvé ce qu'il y avait dans la tête de sept milliards d'humains : de la merde.

Retour à pied, Zoé vers la rue Jacob où il y a son bureau et moi rue de Belgrade où j'ai mon canapé. Le meilleur endroit pour faire une randonnée : la ville. De préférence une capitale. Paris. Mais aussi Londres, Ryad, Moscou : ces randonnées que nous n'avons pas faites, elle et moi. En se quittant, on ne s'embrasse pas. Maintenant, c'est pareil : on ne s'embrasse plus. Qu'est-ce que je n'aimerais pas partager avec elle ses soucis de vie littéraire qui la tiendront enchaînée jusqu'à l'âge de la retraite qui est le mien aujourd'hui, et sans doute au-delà dans un Ehpad abonné au *Magazine littéraire*. Sa passion pour la littérature d'Asie centrale, surtout celle du Kazakhstan. Elle en est revenue le mois dernier et y retournera le mois prochain. Devenue la muse, l'idole des écrivains kazakhs. Leur mère Teresa éditrice. Sœur Emmanuelle bibliothécaire. Kazakhstan : on ne sait jamais où placer le k et le h entre les trois a. Dans quel journal illustré pour enfants Zoé a-t-elle découvert un héros kazakh (à l'époque, c'était encore l'URSS) qui l'a marquée à jamais ? Elle a même essayé de créer une collection de littérature kazakh au sein de sa maison d'édition. Le directeur financier y a mis le holà. Il y a, au Kazakhstan, 18,6 millions d'habitants, dont la moitié d'hommes. Zoé sort, c'est-à-dire rentre, avec l'un d'eux.

Le 24 mars 2016, des baleiniers japonais rapportent 333 petites baleines dans leurs filets. Ça en aura fait des sushis. N'ai jamais mangé de baleine. Mais j'ai mangé du zébu : l'armée française en avait acheté des milliers de tonnes à la fin des années 70. On en avait à tous les repas mais personne ne se plaignait : on avait faim. N'ai jamais trouvé depuis du zébu dans une boucherie. On reproche aux Chinois de manger du chien alors qu'on a longtemps mangé du cheval. Moi-même, toute mon enfance. En steaks ou rôtis. Je n'aurais jamais dû le dire à Zoé, cavalière. Ça fait sans doute partie des petites choses qui, en s'accumulant, ont détruit ses sentiments pour moi. Encore au Japon, à la même date sacrée : décès de l'écrivaine Yūko Tsushima. À 68 ans. Il me reste trois ans pour finir ce roman, c'est trop : je l'aurai fini avant. Mon voisin Marcel Aymé mort à mon âge. Où Montherlant a fait jouer sa plus belle pièce : *Le Cardinal d'Espagne*. L'an prochain, si je ne me décide pas à décéder, j'aurai vécu un an de plus qu'Aymé. Mais n'aurai pas écrit *Uranus*, éloge de la collaboration paru peu après la Libération (1948). Ni *Le Chemin des écoliers*, éloge du marché noir et moquerie de la Résistance (1946). Aymé le scandaleux mutique et impassible. Subversif sans alcool frelaté. Ni idéologie toxique. Au procès Brasillach, assis au premier rang. Ce matin, en allant chercher Sabine chez ses grands-parents rue Lamarck, suis passé devant le 9 de la rue du Square-Carpeaux où Aymé a vécu trois ans avant de s'installer rue Paul-Féval, tout aussi triste. Qu'il quittera pour, deux ans avant sa mort, emménager au 26 de la rue Norvins, aujourd'hui 2 place Marcel-Aymé. En face de Céline, qui vient de mourir à Meudon.

La chanteuse Keren Ann – Henri doit savoir qui c'est – et la sortie, le 24 mars 2016, de son album intitulé *You're Gonna Get Love*. Née à Césarée en Israël. District de Haïfa. C'est une petite ville fondée en 1977, quand j'ai eu 23 ans. Trois ans après les Twin Towers. Et Cancún. Keren a donc fait son service militaire, comme moi. Gradée ? Le 24 mars 2016, Juliette Gréco est encore vivante (89 ans). Décès, ce même jour, du footballeur néerlandais Johan Cruyff, à 69 ans. Les âges, les présages. Aura vécu deux ans de moins que Ken Howard, le président du syndicat des acteurs d'Hollywood, mort lui aussi le 24 mars 2016.

Une liaison avec Zoé me paraissait improbable, à cause de son âge et du mien. Cherchait-elle des conseils d'écriture, un appui éditorial ? Je me posais autant de questions qu'elle m'en avait posé elle-même pendant le repas. Ai aussi oublié notre deuxième rendez-vous. Tout de suite l'impression d'être, avec elle, dans un film. Ou un téléfilm. Nos gestes, nos caresses, nos regards : tous irréels. D'une immatérialité suspecte. Et s'effaçant au fur et à mesure. Un baiser chassait l'autre. Nos longues étreintes, dans le silence bourgeois de la rue de Belgrade, s'annulant en se succédant. C'était toujours cette première fois que je ne me rappelais pas. Le charme de la nouveauté, l'ennui de la répétition. Elle entre dans les draps avec calme avant que nous ne les repoussions au bout du lit. Sa tendresse totale : son atout maîtresse. Je la sens encore aujourd'hui sur moi, dans ce lit où l'a remplacée un transistor. Les premiers jours de notre séparation, l'ai posé sur son oreiller, puis j'ai enlevé l'oreiller. Je l'allume pour m'endormir, l'éteins presque aussitôt en dormant. De retour des WC, la nuit, je le recouvre comme je recouvrais Zoé. Notre dernière nuit collés l'un contre l'autre, en prévision de toutes les fois où nous ne le serions plus. Sa petite main fraîche dans la mienne, plus grande et plus chaude. Son cou abandonné sous les cheveux blonds, alors que c'était elle qui m'étranglait.

Ce dîner chez Guillaume et Maria Lambert, rue du Rocher, en décembre 2017. Guillaume est, avec Éric, un de mes deux éditeurs, et son épouse était alors un auteur de Zoé. Il est plus jeune que moi mais Maria est plus âgée que mon épouse. Quand nous arrivons chez eux, Guillaume est en train de signer des chèques. « Je passe mon temps à signer des chèques, ici comme au bureau. » La complainte du patron papa. Les éditeurs sont riches et les écrivains pauvres, pourtant les premiers ont l'air plus malheureux que les seconds. Plus amusant d'écrire que d'éditer ? Avoir une belle vie ne suffit pas pour être de bonne humeur. La grosse tête de Guillaume lui fait de petites épaules. Ses minces yeux marron de rongeur de textes. Son nez pointu comme un crayon qu'il dirige vers le bas, c'est-à-dire le manuscrit. Il est à moitié chauve, comme tous les chauves. J'ai deux catégories d'amis : ceux qui ont dix ans de moins que moi et ceux qui en ont dix de plus. Les quinquagénaires sont patrons et les septuagénaires ont un cancer. Parce qu'ils ne sont plus patrons ?

Guillaume et Maria se sont rencontrés à Patmos, île du nord. Du nord du Dodécanèse. Sans sites antiques : le christianisme insulaire les a mangés. Abondance de moines grecs et d'éditeurs français. La bibliothèque pillée : les lecteurs sont des voleurs, plaçant leur passion au-dessus de la morale. Guillaume était en vacances avec sa précédente femme dont il se séparerait à leur retour en France. Maria lisait Albert Cohen sur la plage car c'est une lecture de plage. Comme Marcel Proust. L'éditeur aborda la lectrice en lui disant qu'il n'était jamais arrivé à la fin de *Belle du Seigneur* alors qu'il avait lu *Ulysse* trois fois. Elle répondit par un mot d'autrice : elle n'était jamais arrivée à la fin d'*Ulysse* mais lisait *Belle du Seigneur* pour la troisième fois. Il lui demanda si elle écrivait. Elle dit qu'elle venait de terminer son premier roman. Il dit qu'il était éditeur. Elle le savait : avait vu sa photo sur le site de *Livres Hebdo*. Un numéro spécial sur les jeunes éditeurs. Il dit qu'il n'était plus jeune. Et que ce n'était pas une enquête sur les jeunes éditeurs mais les éditeurs nouveaux. Il ne cachait pas son âge sur Internet : 56 ans. Elle le savait aussi : googlisé. Lui enverrait-elle son roman par mail ? Elle dit que non car elle était de la vieille école, celle du papier. Il prit cette remarque pour une invitation à la revoir. Dans vieille école, il y a vieille et donc vieux. « Vous devrez être patient, je n'ai pas le manuscrit avec moi. » Il dit qu'il attendrait, mais pas longtemps. Quelqu'un avait-il déjà lu le texte ? « Oui, mon mari, juste avant de mourir. Il avait détesté. » Un éditeur, lui aussi ? Non : banquier. Les femmes qui épousent un banquier ont besoin d'argent, sauf quand elles en ont plus que lui. Ce qui était le cas de Maria mais Guillaume ne le savait pas. Il jugea prudent de s'éloigner, saluant la Grecque avec une tiède urbanité quand ils se croisaient à l'entrée ou à la sortie d'une taverne ou de la grotte de Saint-Jean, le premier écrivain catholique déjanté. Leur véritable rencontre eut lieu, comme celle d'Éric Lorrain et Gwendoline Kucka, dans un bureau. Il n'y a que moi, dans cette histoire, qui n'ai pas de bureau. Et Bob Horvat, le chanteur. Mais lui il a un studio. Avait.

Guillaume Lambert, rue du Rocher, penché sur ses dolmades : « Que dire à un jeune écrivain ? » Moi, devant mon tarama : « Aie confiance en ton génie. » Rire de Zoé. Elle a beaucoup ri au début de notre liaison et plus du tout à la fin de notre vie commune. N'avais pourtant pas changé d'humour. Son rire – chez les Lambert – était criant de vérité. Méfions-nous quand la vérité crie, c'est souvent contre quelqu'un qui n'a rien fait de mal. Maria ne cuisine pas, elle nous a préparé un dîner grec froid acheté chez Mavrommatis. Zoé ne mange presque rien. À cause de son enfance où elle était dodue ? Bonnes joues boudeuses au-dessous d'un regard nuageux d'où sortirent des éclairs, les semaines qui ont précédé notre séparation. Zoé semblait bourrelée de haine. Une haine de grosse. Dans sa guerre contre moi, elle retrouvait sa colère d'adolescente en surpoids qui se jurait de maigrir afin de pouvoir vivre l'amour comme dans les livres ou dans les films. Plutôt les livres, dans son cas. Elle s'est rêvée, du fond de son jean serré, top model et mince reine des sans-abri. Avant de passer à sa défense presque unique de la culture kazakh. Elle voulait que sa beauté soit aussi grande que son cœur. Son visage hostile, sur les photos des Teurlay, s'éclaire quand de longues jambes lui poussèrent. Elle pourrait, à condition de maigrir, réaliser son rêve : séduire le monde entier. Cessa presque de s'alimenter. Toute une vie de privations, enfoncée dans des textes mauvais comme des rêves.

Occupé par la signature de ses chèques – pour la nounou, la femme de ménage, le syndic, le fisc, etc. –, Guillaume chargea Maria de s'occuper de nous. Elle nous proposa à boire, mais les amoureux n'ont pas soif. Leurs bouches sont pleines du frais liquide de l'amour. La Grecque se trouva désemparée devant notre refus de boire et jeta à son époux un regard coupable. « Champagne pour tous », décida l'éditeur en rangeant son chéquier dans un tiroir. Le champagne a pour qualité majeure qu'on ne le refuse pas, à moins d'être un alcoolique en cure de désintox. Guillaume déboucha la bouteille et remplit les verres disposés par Maria sur la table basse. Zoé usa, pendant le dîner, de sa technique éprouvée : les questions. Sur tout et rien, mais surtout sur la ou les personnes en face d'elle. Ce qu'elle appelait animer un dîner. La scène qu'elle me fit après une soirée avec un éditeur suisse qu'elle mitrailla de questions sans que j'intervienne, occupé à m'absenter. Un dîner n'est pas une représentation théâtrale, me défendis-je. Il s'agit d'abord de manger quelque chose. Les colères de Zoé de plus en plus fréquentes contre tout le monde qui m'entourait : une façon de me montrer sans le dire qu'elle était en colère contre moi.

Maria est moins grande que Zoé mais aussi mince. Petit visage parfait sous la paille des cheveux blonds. La blondeur dorienne chère aux Grecs anciens avant que leurs ennemis bruns – Perses, Romains, Ottomans, Turcs – ne la noircissent. La fluidité de ses gestes est, elle aussi, ancienne. Comme, quand la romancière vous écoute, son immobilité de statue. À leur retour de Patmos, elle et Guillaume se revirent, puis l'éditeur divorça. Veuve, Maria n'eut pas à le faire. Son mari chrétien maronite s'était révélé stérile.

Amoureuse, elle était résignée à ne pas avoir d'enfant. Après la mort du Maronite, Maria se donna l'autorisation de tomber enceinte. En Grèce, elle ne cherchait pas un mari mais un père. Avoir un enfant est la principale chose qu'elle demanda à Guillaume dans la chambre du palace – proche du bureau de l'un et de l'appartement de l'autre – où ils firent l'amour pour la première fois. Il accepta tout de suite comme il le faisait avec les manuscrits qui lui avaient plu, n'attendant pas l'avis du comité de lecture. Maria était déjà enceinte quand il entama la procédure de divorce, mais le divorce pour faute n'existe plus. Il n'y a plus de faute.

Cette manie qu'ont les humains, depuis l'Antiquité, de vivre à deux. L'irréductible attelage en dehors duquel règnent la nuit et la mort. Ce qu'on aime dans notre unique partenaire, est-ce le miroir ? Que me tendit Zoé afin que je tombe amoureux de moi. Et d'elle, qui m'avait prouvé mon existence. Mettre un être en valeur, puis en pièces. Je crois au mariage – s'aimer toute la vie, seule forme connue d'immortalité, les académiciens français canant un jour ou l'autre puisqu'il faut les remplacer – mais le couple est un monstre. J'aimais la fine silhouette dansante de Maria. La Grecque ne cuisinait pas mais avait sa recette secrète pour se déplacer avec grâce dans une cuisine. Ses vêtements se collaient contre elle, dessinant son exotique silhouette. Il y avait une sensualité tranquille dans ce couple d'intellectuels, alors que Zoé et moi commencions, après quelques mois de liaison, à nous détacher l'un de l'autre, malgré les innombrables oui de ma jeune épouse dans ma messagerie. Oui, elle commençait à ne plus m'aimer. Non, je ne faisais rien pour l'en empêcher. Oui ou non, allions-nous sauver notre histoire ? Non.

Maria alors auteur de Zoé, mon épouse séparée éditrice. Jamais grand éditeur n'a été un bon écrivain, nul grand écrivain n'a été un bon éditeur. Métiers contradictoires. Et Camus ? rétorquait Zoé. Pas fichu grand-chose chez Gallimard. Ne venait même pas aux cocktails de la rue Sébastien-Bottin, ça l'ennuyait. Quant à Nimier, a fait office de nounou de Céline dont plus personne ne voulait s'occuper. Malraux a surtout édité Malraux et Queneau a refusé Vian. L'éditeur cherche le moins mauvais qui n'abonde pas, l'écrivain le meilleur encore plus rare. Proust corrigeant le manuscrit d'un autre ? Joyce rédigeant une lettre de refus ? James penché sur les épreuves de Wharton ? Zoé avait raison quand, quelques jours après notre première nuit rue de Belgrade dont je ne me souviens pas, elle me proposa que nous quittions Paris pour Rome ou Berlin. Elle aurait été serveuse dans un Hard Rock Café et moi beau-père au foyer de sa fille Sabine, écrivant à nos moments perdus un chef-d'œuvre chacun dans une pièce de notre appartement du Trastevere ou de Kreuzberg. Je trouvais que nous ne devions pas fuir devant la société alors que cet exil romain ou berlinois serait au contraire

– Zoé l'avait compris, étant plus jeune que moi et par conséquent plus intelligente – échapper à notre inévitable séparation. Vivre avec un éditeur, c'est comme vivre avec un écrivain : impossible. Trop de papier, de mots, d'imagination. À force de dévorer ou de fabriquer des fictions, disparition du réel où on est censé vivre l'amour. J'avais accepté cette irréalité, peut-être parce que m'attend la fiction de la mort. Étais prêt à m'installer en elle à côté d'une femme imaginaire : la mienne. Mais pas Zoé. Elle avait besoin – faim – de réalité. Disposant encore de cette gigantesque masse de temps offerte aux gens pas vieux.

Guillaume sportif : footing et muscu. Il s'entretient, comme dit son épouse Maria. L'édition sport de combat. La violence intellectuelle n'a pas de fin, au contraire de la violence physique qui s'arrête à l'hôpital ou à la morgue. Lambert se bat. Les coups ne le font pas tomber mais lui font quelque chose. Plus simple de conserver une femme qu'un auteur. Je le regarde, lors de ce premier dîner à quatre rue du Rocher, prendre soin de la Grecque. Que Maria soit écrivain lui facilite la vie commune : il s'y prend bien avec elle, c'est son métier. Il sait être critique pour garder sa crédibilité, admiratif pour gagner sa tendresse, efficace pour entretenir son amour.

Zoé, en société, se surveille et se protège. Elle use de sa candeur tortueuse pour survivre. Elle regarde son auteur comme si c'était sa fille plus âgée qu'elle et l'autre regarde son éditrice comme si c'était sa mère plus jeune qu'elle. Les femmes ont peur les unes des autres. Sans cesse se demandent ce que les femmes pensent d'elles car elles savent que les hommes n'en pensent rien. Zoé, Gwendoline, Maria et Natacha s'ébattent sur cette scène si longtemps interdite aux femmes : la littérature. La prudence rageuse et humiliée avec laquelle elles occupent ce terrain.

Le 24 mars 2016, après treize ans de cavale et huit ans de détention provisoire, Radovan Karadžić est condamné à quarante ans de prison par le Tribunal pénal international pour l'ex-Yougoslavie, l'Union européenne ayant rétabli la peine de mort lente.

5.

Déjeuner, hier, avec le même Guillaume, vieilli de deux ans, donc pas vieilli. Le moment où le temps ne passe pas, celui où cette vieille guimbarde démarre et enfin l'instant où elle nous balance dans le décor. Rien n'a changé chez Lambert depuis décembre 2017 alors que chez moi, tout. Le restaurant se trouve à cent mètres de son appartement où il a passé la matinée. Il réduit ses déplacements car il a de plus en plus de manuscrits à lire. Qu'ont les gens à écrire toutes ces lettres de trois cents pages adressées à personne ? « Il paraît que tu as signé avec Éric pour un livre sur nous ? – Nous ? – Les trois couples. – Quatre, avec le défunt Horvat et Natacha Kouraguine, sa légataire universelle. Ne t'inquiète pas, je changerai les noms. Tu veux t'appeler comment ? – N'importe quoi mais pas Gérard. – Un problème avec un auteur prénommé Gérard ? – Oui, mais je préfère ne pas en parler, ça finirait dans ton livre. » Guillaume et moi, on a dix ans de différence. Quand j'avais 30 ans, il

en avait 20, donc. Hésitait entre devenir éditeur ou écrivain. En 1985, l'ai reçu dans mon bureau : le plus petit de la boîte. Un éditeur m'avait embauché comme lecteur pour que je publie mes romans chez lui. Je lui ai donné des livres mais ai arrêté la lecture : l'édition me paraissait un travail trop peu sérieux pour y consacrer la quantité dérisoire de temps dont on dispose sur terre. J'avais les pieds sur la table car, dessous, il n'y avait pas assez de place pour mes jambes. Aucun manuscrit sur les étagères. Ai toujours détesté les manuscrits, surtout pendant les quelques mois où j'ai dû en lire. Quand on est jeune, on croit qu'on peut tout faire ; vieux, on se rend compte qu'on n'a pas fait grand-chose. Guillaume commande une sole direct. Je l'imite. Pas gai de manger une entrée seul. Ce qui m'ennuie dans ce restaurant, c'est que de la meilleure table, la ronde à droite de l'entrée, on voit la porte des WC. Pisser ou déjeuner, il faut choisir. Chez soi, on ne sert pas les plats à côté des chiottes. À chaque fois qu'un client du restau se rend aux cabinets, j'ai l'impression de manger sa bite. Ou sa chatte, si c'est une femme. Et de boire leur pisse. Je demande à Guillaume : « Pourquoi toi, Éric, Bob Horvat et moi avons épousé des filles qui avaient entre vingt-cinq et trente-cinq ans de moins que nous ?
– La question est aussi bête que le sera la réponse : le besoin de jeunesse. Quand on n'en a plus, on va en chercher chez les autres. Chez les autres filles. Ça finit mal, comme un film du tiers-monde. Sur les trois

quarts de la planète, il n'y a pas de happy end. Te souviens-tu de ce premier dîner chez nous, il y a deux ans ? Vous aviez l'air si amoureux Zoé et toi. – Vous aussi, mais vous, vous l'êtes restés. – Tous les chèques que j'ai signés ce jour-là. Ça doit être le jour de ma vie où j'en ai signé le plus. S'il n'y avait pas eu tous ces trucs à signer, est-ce que je m'en souviendrais aussi bien ? Zoé était en noir. – Elle est toujours en noir. – Une Italienne, normal. – Son père est normand. Je m'entendais bien avec lui. Les parents de Zoé me manquent. Déjà trois couples de beaux-parents que je laisse derrière moi, les ayant abandonnés aux caprices de leurs filles respectives. » Arrivée des soles. Pourquoi, dans un restaurant de poissons, demande-t-on toujours au client s'il veut qu'on lui découpe – ou prépare – sa sole alors que le client veut toujours qu'on la lui découpe – ou prépare ? Je n'ai pas vu, en un demi-siècle de fréquentation des restaurants de poissons, quelqu'un refuser qu'on lui découpe – ou prépare – sa sole.

« Ça marche le nouveau roman de Maria ? – Tu sais bien que non. – Comment le saurais-je ? Je ne lis pas les journaux, n'ai pas de télé et ma source ne me parle guère. – Ta source ? – Zoé. – La presse est mauvaise, les ventes sont pires et les jurés ricanent. Son unique consolation : les romans de Gwendoline et de Natacha ne marchent pas non plus. – Il parle de quoi, le bouquin de Maria ? – Son adolescence en Suisse et notre rencontre. – Je croyais qu'elle était grecque. – Tu n'as pas lu *Papa, colonel grec* il y a deux ans ? – Non. – Pourtant tu lui avais dit que c'était formidable. – La moindre des choses quand on n'a pas lu un livre. – Les parents de Maria ont quitté la Grèce en 1974. – Peur de la démocratie ? – Pas loin : son père était mouillé avec l'ancien régime. Un cousin de Makarézos. Ou de Pattakós. – J'étais en Grèce à la chute des colonels mais pas à Athènes, en Eubée, où les autochtones tiraient la tronche. On sait quelle dictature affreuse on perd, on ne sait pas quelle démocratie dégoûtante on gagne. » La Grèce, rêvée d'abord sur les plages bretonnes et normandes affectionnées par mon père. Son obsession : l'iode. Mon premier train, à 18 ans, vers Athènes. Ma langoureuse traversée ferroviaire de la Yougoslavie. La fumée bleue des cigarettes et leur étui cartonné. Ces cheveux blonds sur l'oreiller blanc. Dans *Retour en Grèce* de Fernand Chapouthier (1938, photos d'Antoine Bon), les ruines sont les mêmes qu'aujourd'hui. L'avantage des ruines : ne tombent pas en ruine. Beaucoup de voiliers dans le port du Pirée. Athènes encore bavaroise avant de devenir bordélique. Aucun être humain. En Grèce, l'être humain, c'est moi. Le Tholos de Marmaria à Delphes : l'unique choc religieux de ma vie. Le pays de la nudité de l'art. L'errance dans Délos, ville touristique du Vᵉ siècle avant Jésus-Christ, et qui l'est restée. Les ânes de Santorin font caca sous une charge trop lourde : grosses Anglaises et Allemandes dodues. Eubée n'est pas une île mais une presqu'île : on y accède en auto. Je n'étais pas motorisé mais j'avais un pouce. On voyageait alors en autostop sans avoir besoin de tuer ni risquer de l'être. Il fallait juste avoir de la conversation ou en écouter une. Je me demande si Éric et Guillaume ont fait de l'autostop dans leur jeunesse dorée, avant ou après des vacances à Noirmoutier ou au Pilat. J'avais trouvé une petite chambre dans un grand hôtel, à trois kilomètres du port d'Eretria. Je voyageais avec un livre, remplacé ensuite par une fille. Toutes ces mains tenues au soleil grec entre 1977 et notre premier et dernier séjour en Crète avec Zoé et Sabine, en été 2017. Le Cretan Village qu'on appelait le village des crétins. Je lisais *De sang-froid* tandis que Sabine et sa mère m'assassinaient. De sang-froid.

Le déjeuner : meilleur moment de la journée. Le matin, il faut écrire ; l'après-midi, s'occuper. Le soir réservé à la famille et l'ennui à l'épouse. Le déjeuner est solaire, d'ailleurs il se passe à midi. Avec Guillaume comme avec Éric, c'est un moment de grande détente où ces deux heureux râlent et où, malheureux, je les console. Mais ni le râle ni la consolation ne sont sérieux : il ne s'agit que de faire un peu de bruit comme des chats qui ronronnent. Nous sommes des chats insolites et méfiants. Allant d'un panier à l'autre, dans la recherche du confort absolu. La maladie et la mort sont des accidents intolérables, devant lesquels les plus armés d'entre nous sont désarmés. Pour les chats, le monde est une menace permanente qui se précise avec les années.

« Vous êtes mariés depuis combien de temps, Zoé et toi ? – Onze mois. – Le temps de faire un enfant et de l'inscrire à la crèche. – Non, de l'inscrire à la crèche et de faire un enfant. De toute façon, on n'a fait ni l'un ni l'autre. – Vous auriez dû. Quand une jeune épouse un vieux, elle veut un enfant de lui, pour quand il ne sera plus là. – Tu veux dire : pour quand il sera décédé. – Oui. Elle aura un enfant de lui, ce sera pour elle comme la clé d'une vie nouvelle. S'il n'y a pas d'enfant, il n'y a pas d'espoir, et sans espoir pas de vie. C'est bizarre qu'un mec intelligent comme toi ne l'ait pas compris. – Je cherche, dans ma vie amoureuse, des traces d'intelligence, et n'en trouve pas. – Quand on lit tes livres, on a l'impression que tu es un surdoué, mais quand on regarde ton existence, on acquiert la certitude que tu es un sous-doué. – Ces sous-doués de l'existence pour lesquels la création est la seule sortie de secours. – Ce qui m'empêche d'écrire, c'est ma facilité à vivre. Tout est simple pour moi : les décisions et leur réalisation. Rien ne me manque et je ne rate pas grand-chose. Pourquoi, alors, ai-je l'impression d'être un raté ? Parce que j'ai échoué à échouer ? Ça devrait me rendre heureux et c'est l'inverse : ça me rend malheureux. On m'a privé du ratage, du coup j'ai le sentiment d'avoir raté quelque chose. Je te regarde et je t'envie. Tu n'as rien, même plus ta femme. J'ai tout, même un nouvel enfant. C'est toi qui devrais m'envier. – Je t'envie. – Non : tu te moques de moi. Tu me méprises. – C'est le contraire : je t'admire. – Non : tu admires les écrivains. – Pas du tout, je les méprise. Moi compris. » Le déjeuner se poursuit. Divers propos d'automne. Guillaume retarde le moment de retourner au bureau où l'attendent manuscrits et demandes d'argent. Il règne sur des personnes réelles, moi sur des êtres de fiction. Lesquels sont les moins maniables ? Il demande : « Que fais-tu cet après-midi ? – Rien. – C'est ça qui m'effrayait dans une vie d'écrivain : l'oisiveté. Comme une mise à la retraite anticipée. – L'écriture est une mise à la retraite anticipée, autour de la vingtième année. – Un alcool de poire ? – Ça fait un quart de siècle que je ne le digère plus. – Dans les années 80, j'avais encore des illusions sur ce métier. – Ça fait deux mille ans qu'on se plaint que personne ne lit. – Les gens lisent mais pas les mêmes choses que nous. Le nombre de livres qui ne se vendent pas, Lucien. »

À quoi reconnaît-on un éditeur dans une assemblée de types sans cravate et de femmes mécontentes ? Il se plaint. Le banquier s'amuse, le galeriste s'enrichit, l'universitaire se surveille, la romancière se raconte, la politicienne se moque, la top model se tait – l'éditeur, lui, se plaint. Sa vie quotidienne semble une course de sauts d'obstacles. Une fois qu'il en a fini avec les libraires, le voici aux prises avec les critiques littéraires. Depuis quelques années, il a un nouvel ennemi en Europe : l'agent. Ce sale type s'amuse à gonfler les à-valoir pour que son propre pourcentage augmente. Le lecteur est, lui aussi, un souci pour l'éditeur : il n'aime pas les bons livres, alors l'éditeur est obligé de lui en proposer de mauvais afin de faire un budget, comme disent Éric et Guillaume. Un éditeur n'a pas d'amis, ses conditions de travail – de survie – sont trop dures pour qu'il baisse la garde. Les auteurs sont ses ennemis : ceux qui se vendent parce qu'ils veulent se vendre davantage, ceux qui ne se vendent pas parce qu'ils veulent se vendre.

Nous nous séparons sur le trottoir. Le Sacré-Cœur s'inscrit dans le ciel bleu comme un souvenir d'amour. Les déjeuners auront été le sel de mon passage sur terre. C'est comme faire l'amour l'après-midi. Guillaume s'éloigne, rempli de Maria. Je me regarde dans une vitrine, plein de moi.

6.

Solitude ou liberté ? Solitude *et* liberté ? Me voilà seul. Pour la première fois de ma vie aux trois mariages, n'ai de comptes à rendre qu'à moi-même. L'autre nuit, couché près de cette violoncelliste sans culotte qui a ouvert la porte de la prison où mon épouse m'avait enfermé, j'ai pensé : pour la première fois depuis 1975 – soit quarante-quatre ans –, je ne me mets en tort auprès d'aucune femme en paressant dans ce Airbnb du XVe arrondissement de Paris, *limite septième* comme disent les agents immobiliers. J'ai trompé mes trois épouses et j'ai même trompé les femmes avec qui je les trompais. En amour, je n'ai jamais rien eu à ne pas me reprocher. Et soudain, je me suis étiré comme un chat russe après une sieste sur un poêle. Là où je me trouvais, personne ne pouvait – n'avait le droit – de me le reprocher. J'étais dans mon droit à moi. Seul. Et libre. Ce corps tranquille couché nu auprès du mien n'était pas un scandale. Ni un crime. Nul sur terre ne pouvait m'en faire grief. Il était à sa place et j'étais à la mienne. On était en harmonie avec le reste du monde, sans craindre qu'une épouse trompée ou une maîtresse quittée ne surgisse dans cette chambre, l'injure à la bouche pincée. Je goûte une liberté dont j'ai payé le prix fort, après ces semaines d'indignation et de désespoir. Zoé descendue sur terre pour me faire découvrir l'amour, puis la liberté. Ses deux dons fabuleux dont il faudra qu'un jour je la remercie. En lui dédiant ces pages dont je suis l'auteur, et elle, la responsable ?

N'avais pas dormi dans un lit à une place depuis mon service militaire (1980-1981). Je trouve, sur Internet, la photo de classe de mon escadron. L'escadron de Jabrun. Quatre rangées de mauvaises mines. Pourtant, on dormait bien dans les lits à une place du régiment, surtout quand on s'était murgés avant. Mines renfrognées, moustaches hésitantes. Aucun barbu. Peu de sourires. À la Compagnie du Lit de la rue Brancion, j'achète mon premier lit de l'armée pour qu'il remplace celui de Sabine, trop petit. Tous ces lits exposés qui attendent qu'on vienne faire l'amour et mourir sur eux. Le genre d'endroit où il y a toujours des trucs en promotion. Ces prix qui montent ou qui descendent selon la place où on se trouve dans le magasin. Le tournis des réductions. Quand le lit arrivera rue des Trois-Frères, l'ancien emporté par les livreurs moyennant un pourboire de 50 €, je me contenterai de le regarder dans sa nouveauté, sa fraîcheur, sa virginité. Je commencerai par y dormir quelques heures, une nuit sur deux ou trois, avant de retourner, au milieu de la nuit, dans le lit conjugal. Que vais-je chercher dans la chambre de Sabine ? Pas Sabine, en tout cas. Ni Zoé. Moi, alors ? Moi enfant. Moi bidasse. Au bout de plusieurs nuits, ne dormirai plus que là. Ce n'est plus un lit, c'est une consolation. Il me soigne du départ de mon épouse, mais j'ignore comment et surtout pourquoi.

Suicide de Bob Horvat, mon ami d'enfance. Il était séparé de Natacha Kouraguine depuis deux mois et demi. Elle avait 24 ans quand ils se sont mariés, après quelques semaines de vie commune. Et lui 62. Les chansons de Bob, inspirées de sa vie vagabonde et de ses lectures de hasard. Il rencontra Natacha dans un studio de radio. Elle présentait un deuxième roman et lui son dernier CD. Il l'a suivie dans les couloirs, elle l'a pris dans son auto. De nos jours, ce sont les filles qui ont une voiture, les hommes ayant la flemme de se garer. Le taxi affaires de Bob repartit à vide. « On met votre CD ? a proposé Natacha. – Non. – Si. – Je ne l'ai pas sur moi. – Moi, si. – Pourquoi ? – Je savais qu'on était dans la même émission. Je voulais l'écouter avant de vous rencontrer. – Mais au micro vous n'en avez pas parlé. – J'étais venue pour promouvoir mon livre, pas votre album. Vous, vous n'avez pas lu mon livre. – Manque de temps, mais je vais me rattraper. Vous en avez un exemplaire ? – Il y en a dix dans mon coffre. – Vous faites dix émissions de radio dans la journée ? – Non, quatre. – C'est une de plus que moi. – C'est parce que je suis une star. » Ils rirent. Ils s'admiraient. Ils tombaient amoureux. Il l'invita à dîner. Elle refusa. Prise. Par qui ? Sa mère. Une date fixée depuis longtemps. Pour dîner avec leurs enfants devenus grands, les parents doivent s'y prendre des semaines à l'avance. « Demain, alors ? » Demain c'était vendredi, elle partait en week-end dans le Sud-Ouest avec des amis. « Des amis ou un ami ? » Déjà jaloux, pensa-t-elle, alors que nous ne nous sommes même pas embrassés. « Raconte-moi la Russie. » Bien une phrase, se dit-elle, de chanteur. Il arrêta le CD. « J'en ai assez d'entendre ma voix. – Pas moi. – C'est mon CD. – C'est ma voiture. » Elle sourit et ils échangèrent leur premier baiser. Cinquante-neuf minutes après leur rencontre, quai Kennedy. Il ouvrit les yeux et découvrit qu'elle n'avait pas fermé les siens. Avait-elle déjà cessé de l'aimer ?

Durant le week-end, ils se téléphonèrent une demi-douzaine de fois. Pendant, à chaque fois, une heure ou deux. Natacha n'eut même pas le temps de monter à cheval. C'est une cavalière, comme Zoé. Elles ont tendance à vous chevaucher, donc à prendre le dessus. Habituées à ce que leurs montures obéissent à un claquement de langue ou à une pression du talon, elles acceptent mal nos pas de côté ou nos ruades. Gardiennes de prison, dont le cheval – le détenu – ne peut pas sortir sans elles. Bob Horvat et Natacha Kouraguine se mirent à cohabiter. C'était nécessaire : ils ne pouvaient plus se quitter, même pour un après-midi.

Il l'accompagnait chez le coiffeur, elle le suivait dans la salle de bains. Ils déjeunaient et dînaient ensemble, se soûlaient à deux, sortaient et rentraient de concert. Guillaume, l'éditeur de Natacha, ne voyait pas cette histoire d'un bon œil : « Fusion des sentiments, c'est con. » Les éditeurs font parfois des mots d'auteur. Pour le mariage – le 9 juin 2016, j'ai vérifié sur le faire-part le jour où j'ai appris le suicide de mon ami d'enfance –, Bob loua un bateau-mouche de façon à pouvoir accueillir plusieurs centaines de personnes. Les photos de la fête parurent dans cette presse qu'on appelait naguère à scandale mais qui ne produit plus de scandale, alors on l'appelle la presse people pour insulter le peuple une fois de plus. On vit par la suite Bob et Natacha manger des glaces à Saint-Germain-des-Prés, faire des achats de fringues dans le Marais, traverser l'esplanade des Invalides main dans la main. « Il devrait se dépêcher de lui faire un enfant », disait Guillaume, qui en avait déjà fait un à Maria : en mai 2017, elle mettrait au monde Ulysse. Une autre théorie de l'éditeur : « Quand une jeune femme vit avec un vieil homme, elle a envie – besoin – d'un bébé pour faire tomber la moyenne d'âge du couple. 60 + 25 = 85 : 2 = 42,50. Alors que 60 + 25 + 1 = 86 : 3 = 28,6. Sans ce gain d'années, le couple jeune-vieux ne tient pas, par manque de lumière enfantine, d'oxygène puérile. »

Le mariage, bon entraînement au concours Miss France : il consiste, pour la mariée, à sourire plusieurs heures de suite. Le jeune vieux mari avait invité diverses vedettes de la chanson, de la télévision et du cinéma. Bob vous donnait l'impression d'être son seul ami mais, quand on le voyait en société, on se rendait compte qu'il en avait beaucoup d'autres. Pour le voyage de noces, il avait proposé à Natacha un tour du monde en avion. En bateau, ça aurait été trop long. Mais en avion c'était encore trop long pour la romancière. Elle était en train de finir la deuxième version de son troisième livre. L'éditeur – Guillaume – n'avait pas été emballé par la première version. Il n'aurait su dire pourquoi. Une impression d'ensemble. Peut-être la troisième personne ne sonnait-elle pas assez juste. Natacha : « Je vais travailler dans ce sens. » La docilité des jeunes auteurs surprend toujours Guillaume. Il est d'une époque où les éditeurs fermaient leur bouche quand l'écrivain parlait. L'obéissance : encouragement à la dictature. Tous ces livres refaits plusieurs fois exhibent leur soumission sur les tables des libraires.

Zoé sur le bateau-mouche : inquiétante de rêverie. Ce sourire attentif cachant cent colères. Elle avait quitté le noir pour le bleu marine ; une robe longue qui mettait ses jambes en valeur. Elle me jetait des regards voraces dont je fis en moi-même une traduction erronée, lisant du désir sexuel où il n'y avait que le désir de se marier, elle aussi.

Le lendemain après-midi, Bob et Natacha prirent l'avion pour Rome où ils passèrent deux semaines, ce qui rendit Zoé jalouse. « Rome, notre ville. – Nous n'y sommes jamais allés ensemble. – Je sais, Lucien. » Natacha dans le Forum, avec son regard d'impératrice russe. Chaque soir, dans les trattorias de Trastevere, elle racontait à Bob un morceau de son enfance ou de son adolescence. Il l'écoutait, croyant qu'il la séduisait alors qu'il la perdait. Quand on écoute une femme, elle pense que c'est parce qu'on n'a rien à lui dire. Parler d'elle lui procure un plaisir supérieur à celui qu'on lui donnera au lit en fin de soirée. Transformation du pénis en oreille. Pour continuer d'être aimé, il ne faut écouter personne et baiser comme un sourd.

7.

Paraîtrait-elle à la messe d'enterrement de Bob Horvat alors que leur divorce était officiel et que tout le monde la jugeait responsable de la mort du chanteur ? Je ne partage pas cette opinion et la Russe m'en sait gré au point de venir dîner avec moi rue des Trois-Frères, certains soirs où l'absence de Zoé est trop douloureuse. Elle parle beaucoup de son défunt ex-mari. Le nombre de fois où elle a revécu avec moi ce 24 mars 2016 où, devant la Maison de la Radio, elle a fait monter le chanteur dans sa Smart. Pourquoi ? « Par pitié. Il avait l'air si seul sur ce trottoir. Si vieux. – Il était moins vieux que moi. – Oui, mais toi tu n'es pas chanteur. Les écrivains sont jeunes jusqu'à 70 ans. Regarde Modiano ou Le Clézio : on dirait que le premier vient de faire paraître *La Place de l'étoile* et le second *Le Procès-verbal.* » Ce qui l'a charmée chez Bob ? « Sa sensibilité, sa célébrité. » Elle a aimé se voir en photo avec lui dans les journaux avant de comprendre que cette exposition médiatique nuisait à sa carrière d'écrivain. Pour elle, l'écriture est au-dessus de tout. De la morale, du bonheur, de l'amour, de l'argent, de la politique. La littérature a, comme l'islam, ses fanatiques. Ses littératuristes. L'échec de son deuxième roman portait, pour Natacha, un nom : Bob Horvat. Ils avaient beau ne plus cohabiter, elle restait sa victime. Elle devait, pour se sauver en tant qu'écrivain (elle détestait le mot écrivaine, comme s'il enlevait quelque chose aux femmes écrivains, coupait leur accès à la part masculine de l'écriture), rompre en bonne et due forme. Le divorce fut rapide : mon ami lui donna tout ce qu'elle voulait car tout ce qu'il avait n'était déjà plus à lui puisqu'il avait décidé de mourir d'amour. Les tabloïds saluèrent sa générosité. « Tu as eu peur, le jour de l'enterrement ? – Peur de quoi ? – Des gens qui étaient là ? – Non. Les gens ne me font pas peur. La seule chose qui me fasse peur, c'est de rater le livre que je suis en train d'écrire. – Tu es en train d'écrire un livre ? – Pas vraiment, mais quelque chose s'annonce. – Ce sera sur Bob ? – Oui, bien sûr. Mais pas que. Ce sera sur nous tous. – Nous tous les humains ? – Non, toi, moi, les autres. Notre petit clan, comme disait Mme Verdurin. La seule personne intelligente dans cette bande de cons. Peut-être que ce sera toi le narrateur. J'aime bien tes livres. Je ne les ai pas tous lus mais ceux que j'ai lus m'ont plu. »

Bob Horvat ne s'est pas tué à cause de Natacha Kouraguine mais à cause de lui. Ce dernier amour avait épuisé ses réserves d'espoir. Il n'avait aucune raison de rester sur terre et donc de se coucher le soir et de se lever le matin. Il cessa de dormir, puis ne mangea plus. Suis-je en train de décrire ses symptômes ou les miens ? Peut-être Bob est-il mort de ne pas avoir désiré le retour de Natacha au domicile conjugal, cette église de l'amour. Il a découvert qu'il ne l'aimait plus et donc qu'il n'aimait plus personne : il pouvait mourir tranquille. « Tu penses qu'il ne m'aimait plus, Lucien ? – C'est parce qu'il ne t'aimait plus qu'il est mort. – C'est toi ou moi, l'écrivain russe ? » Elle n'est ni russe ni écrivain, mais un petit corps perdu dans les méandres du temps et les folies de l'espace. « Pardon d'avoir empiété sur tes terres. – Selon toi, je ne suis pas responsable de la mort de Bob ? – Non. – Écris-le. – Tu ne préfères pas que ce soit notre secret ? – Alors c'est moi qui l'écrirai. Dans mon livre. Mon livre sur nous. »

Retour à Montmartre après ma nuit passée rue Desaix. C'était le deuxième rendez-vous avec la violoncelliste. La chose que je n'avais pas faite depuis des années : marcher dans Paris au petit matin. Il n'y a jamais beaucoup de monde dans les rues du VIIe arrondissement ; le petit matin en semaine, personne. Le piéton s'octroie la chaussée des rues non piétonnes. La plupart des commerces fermés, comme si on était dimanche. Le grand ciel vide nous indique-t-il que Dieu existe ou qu'il n'existe pas ? La tour Eiffel solitaire ne donnera pas la réponse. Rentrer chez soi le matin est la preuve qu'on a fait l'amour pendant la nuit et donc qu'on n'est plus seul. Les joies du couple sans les embarras de la conversation. On est deux mais ça ne s'entend pas. Je prends le Champ-de-Mars en photo pour avoir un souvenir de nous : le Champ-de-Mars et moi.

Le mariage est un enterrement où le mari sort du cimetière, un enterrement est un mariage où il ne participera pas au repas. Les invités étaient en gros les mêmes que ceux du bateau-mouche. Sauf que les femmes étaient en tenue de deuil et les hommes aussi. Je remarquai quelques jupes courtes en cuir noir chez certaines invitées, pas les plus jeunes. Mais est-on invité à un enterrement ? Entrée majestueuse d'Éric Lorrain et de son épouse romancière *sloblack*. Tous deux avec une mine de circonstance qui cache mal leur indifférence. Bob est mort de n'avoir pas voulu faire d'enfant. Éric n'a pas commis la même erreur : il s'est fabriqué un garde du corps, Athalie, dans le ventre de son épouse. Ils savourent leur paix retrouvée après plusieurs mois de guerre où elle exigeait sa reddition tandis qu'il implorait sa pitié. La peur du lendemain effacée de son beau visage noir. La Slovaque a forgé son arme et Éric son armure : ils sont prêts à se battre l'un contre l'autre pendant des décennies sans se faire trop mal. Elle a fait son roman vrai et il en assure l'édition à un exemplaire. Athalie. Mise en place dans les meilleures écoles de leur quartier, ce VIe arrondissement de Paris où les

Lorrain ont fait souche après le désastre de 1870. Le chic intellectuel protestant alsacien.

Elle apparaît enfin celle que tout le monde – tout le people – attendait, espérait : Natacha Kouraguine, veuve Horvat. Les Russes sont des lâches – la preuve : leur soumission séculaire à l'autocratie qu'elle soit impériale, communiste ou poutinienne –, cependant dès qu'il est question de monter à l'assaut, on les trouve prêts. Confits de peur, mais leur colère sera la plus forte. Il y avait, dans la démarche de Natacha, un côté militaire. On aurait plutôt entendu une trompette – ou un tambour – qu'un orgue. On lui avait réservé une place au premier rang, à côté du cercueil qui la séparait des précédentes épouses du chanteur. La tueuse assise près de sa victime sous le regard du prêtre gêné de célébrer une messe pour un divorcé suicidé, deux péchés mortels. Je cherche en vain Zoé dans la foule. Restée à son bureau pour corriger un manuscrit ? Les derniers arrivés : Guillaume et son épouse grecque. Petits signes amicaux du menton. Guillaume a été le premier de nous quatre à faire un enfant avec son épouse encore jeune, résultat : Ulysse Lambert a déjà 2 ans. Ses parents rejoignent les Lorrain. Éric et Guillaume se parlent à l'oreille, peut-être de leur programme de janvier. Je sais, parce qu'elle me l'a dit, que Natacha n'a pas fini son quatrième roman. De toute façon, elle préfère septembre.

8.

Ouvrir l'album photo de mon troisième mariage ou m'ouvrir les veines ? Je sais pourquoi il ne faut pas photographier un mariage : à cause du divorce qui suivra. Mais Zoé et moi ne sommes pas encore divorcés et ce n'est pas moi qui accélérerai le mouvement. Ayant été contre ce mariage, il est naturel que je m'oppose à notre divorce.

Zoé en robe d'été blanche. Regarde derrière elle, inquiète. Sabine, qui la suit, lui a dit quelque chose. Le député-maire et son discours amusant. Le mariage s'amuse. Seul un gros poisson fait la tête : moi. Les parents de Zoé rigolent : deuxième fois qu'ils accompagnent leur fille devant le maire. Bientôt une troisième ? Sabine avec sa marraine Anne-Sophie, l'attachée de presse de la maison d'édition où ma troisième épouse officie. Il y a plus de photos de Sabine que de moi. Le rêve des petites filles : épouser leur mère. Le projet narcissique féminin enfin réalisé. Comment elle regarde Zoé quand Zoé me regarde :

stupéfaction, tristesse. Elle réfléchit à la façon de récupérer son bien. À présent, c'est fait. Elle a mené pendant trois ans une lutte tranquille et opiniâtre contre moi. Une femme qui a un enfant ne nous aimera jamais autant que son enfant, *idem* pour les femmes qui ont un chien : impossible de trouver un homme plus obéissant.

Le moment où on s'écarte des invités pour comparaître, avec nos témoins, devant le maire qui va nous lire notre sentence : prison à vie avec possibilité de remise de peine en cas de mauvaise conduite. J'ai les mains derrière le dos comme un élève devant un proviseur et la chemise en dehors du pantalon comme un étudiant de yechiva. Zoé croise ses jolis bras sur sa petite poitrine. Derrière elle, on reconnaît Éric et Gwendoline pas encore mariés, Guillaume et Maria qui ont déjà un enfant mais ne sont pas venus avec. Bob Horvat n'a pas pu se déplacer : en concert à Montélimar. Maintenant, les chanteurs de variété donnent des concerts, comme les orchestres symphoniques. Avant, c'étaient des spectacles. Avant quoi ? Tout a toujours été mieux avant, sauf en dentaire et en optique. Sur la photo, Éric et Gwendoline se tiennent la main. Peur de s'être perdus ? Natacha a un grand chapeau de mariée quand Zoé est tête nue.

À la sortie de la mairie, le soleil de septembre peu fougueux salue notre libération. Un mariage civil reste une messe. Il en a la pompe malheureuse et la lenteur ennuyée. Toutes les mariées sont ridicules, même sans la robe. Les plus belles photos sont celles où je ne figure pas : Sabine serrée contre sa marraine sous le sourire incertain de son grand-père général de gendarmerie, Zoé glissant un regard malicieux d'épouse à un journaliste littéraire qu'elle n'a pourtant pas épousé, conciliabule de la mariée avec son ancienne autrice grecque d'expression française, Maria Lambert. Un célèbre écrivain congolais postera le premier la cérémonie. La rapidité avec laquelle les Africains assimilent les technologies. Transporter le monde entier dans un seul petit objet, c'était un truc pour eux, ces marcheurs sans bagages. Il y a une photo du restaurant pakistanais où je suis de dos et Zoé, avec ses yeux amoureux, de face. Cette confiance sur son beau visage parsemé d'amour. Le mariage : rempart contre la mort fait de bric et de broc. Éric et Gwendoline charmés par l'exotisme du lieu sans toucher à leur assiette. Assis ou debout, se retrouvent toujours l'un à côté de l'autre. Se rendent-ils compte que dans un an Maria, Gwendoline et Natacha sortiront chacune un roman narrant chacun plus ou moins leur vie ? On aura plusieurs versions de la même histoire, comme dans les Évangiles. Qui racontera le mieux la crucifixion et la résurrection de son Christ ?

Tout dans un mariage organisé pour se moquer des mariés, comme si la société avait besoin de se venger de leur amour. La stupide robe blanche, la tenue de serveur du marié, les discours fastidieux des témoins et des parents, les brassées de fleurs encombrantes.

Zoé et moi avions essayé de réduire au maximum ces manifestations d'hostilité. Ça surprit beaucoup les invités, qui du coup assistèrent à un déjeuner banal comme ceux qu'ils font pendant la semaine à la cantine de leur entreprise ou dans les restos proches de leur lieu de travail. Notre mariage effacé au profit de la vie quotidienne de tout le monde. C'était mon but mais était-ce celui de Zoé ? Je mis plusieurs mois à comprendre qu'à l'inverse de moi elle attachait de l'importance aux cérémonies et jugeait au fond d'elle-même notre mariage raté car invisible. Nous repartîmes à pied. Départ en voyage de noces le lendemain matin. Destination : Berlin. L'ancien Berlin-Est. Socialisme, sentimentalisme. C'était le monde de l'amour car c'était la seule chose à faire, avec les courses d'alimentation. Venise boutique de maroquinerie, Berlin-Est chanson tendre. Nous restâmes dix jours au lit à l'hôtel Adlon, ne sortant que pour glisser jusqu'à Alexander Platz. Nous avions fait le vœu de ne jamais passer à l'ouest, comme si on était avant la chute du mur. Zoé était communiste et moi aussi. Aujourd'hui, je ne sais plus ce qu'elle est. Qui elle est. Ni où.

9.

Le week-end chez Bob en juin 2017 dans sa propriété du Perche. Ces hameaux gris d'Île-de-France où les Parisiens s'enterrent deux jours par semaine afin de ne pas se montrer du doigt à Paris pendant le week-end. Les rues vides. Personne ne marche sur les trottoirs sauf un adolescent ou une adolescente solitaire qui a cassé sa mobylette. Ou son vélo. Ils ou elles sont parfois deux. Le ciel est immense parce que les maisons sont basses. Il n'y a personne entre lui et nous, comme entre la première rangée d'un cinéma et l'écran. On fait les emplettes de nourriture dans les grandes surfaces parce qu'il n'y a plus qu'elles alors qu'à Paris, en semaine, on a d'excellents petits magasins. Certaines ont un espace bio autour duquel se pressent les Parisiens en week-end sous le regard amusé des autochtones dont le caddie est rempli de pâtes pas fraîches et de boissons gazeuses ultra-sucrées. Le dimanche soir arrive si vite qu'on a l'impression d'avoir juste, en quarante-huit heures, ouvert et refermé les volets.

Je connais Bob depuis l'enfance. Nous étions dans la même école primaire à Romainville. Où a dormi Jules César. D'où son nom. Bob, au contraire de ce qu'on pourrait croire au vu de sa carrière de chanteur de variété, était un bon élève et moi aussi. On se partageait les deux premières places de la classe, lui plus souvent premier que moi. Il était le meilleur en arithmétique, moi en français. C'est au lycée que nous sommes devenus deux cancres, lui parce qu'il avait perdu sa mère et commencé à jouer de la guitare, moi parce que je ne supportais plus mes parents à la retraite et que j'avais commencé à écrire. J'ai suivi sa carrière où il y avait plus de hauts que de bas et il a suivi la mienne où il y a plus de bas que de hauts. Il est resté bon en calcul, l'ancien mot pour arithmétique : c'est lui qui négocie avec Guillaume les contrats d'édition de Natacha. Je n'ai jamais voulu écrire de paroles pour lui et il n'a pas insisté. Il sait, comme moi, que je manque de poésie. Il n'y a, dans ma personne, aucune aspiration, respiration, sublimation.

Nous arrivons les premiers, ayant tous deux, Zoé et moi, la hantise d'être en retard. Quand nous devons prendre un avion ou un train, nous entrons dans l'aéroport ou la gare avec une ou deux heures d'avance que nous savourons alors que si nous étions restés rue des Trois-Frères nous passerions les mêmes heures dans la crainte d'arriver en retard à l'aéroport ou à la gare. Bob ne sort pas de la maison pour nous accueillir : il doit être encore sous la douche. Avec Natacha ? Cette ancienne ferme ouvre sur un champ de tournesols. Est-ce le jaune des tournesols qui a inspiré le mouvement campagnard des gilets jaunes ? Natacha apparaît la première, ses courts cheveux noirs en désordre. Son visage ciselé et son corps harmonieux devant le charmant foutoir longiligne de Zoé. Elles s'embrassent. Pourquoi s'embrasse-t-on ? Il n'y a pas de raison. Il faut pourtant le faire. « Vous êtes en avance, se plaint la Russe. N'ai encore rien préparé. » Zoé se propose de l'aider. La fille qui aide et qui écoute, d'où sa popularité. « Vous n'êtes pas venus à la campagne pour vous mettre aux fourneaux. »

Première fois depuis leur mariage en bateau-mouche que je vois Bob avec Natacha. Jamais il ne m'a paru plus vieux qu'au moment où il a pris la main de la Russe et y a déposé un petit baiser innocent de père. Ou de grand-père. Ses rides avaient comme explosé sur son visage. Je me demandai s'il pensait de moi ce que je pensais de lui, à savoir qu'il était trop vieux pour Natacha comme je l'étais pour Zoé. La romancière pencha la tête et l'appuya contre l'épaule de Bob, comme si elle avait deviné mes pensées et tenait à les contredire. « On a des cèpes », dit mon ami chanteur. Il cuisine bien. Il sait faire tout ce que les femmes aiment que les hommes fassent : la cuisine, le bricolage, du sport. Et chanter des chansons. « Ce sont les premiers. » Je voyais bien que Zoé, comme Natacha, était sous le charme. Elles pour qui se mettre à table est un problème. Ont habitué leur corps à ne rien absorber, seule manière qu'il reste mince, donc tentant. Chaque plat non avalé est une victoire sur le poids. Elles aiment les nourritures chères – caviar, oursins, truffes et donc cèpes – parce qu'il y en a peu. « On vous fait visiter ? » nous propose Bob. Cette manie des propriétaires, à la campagne, d'insister pour qu'on explore avec eux les pièces de leur propriété. Comme s'ils l'avaient achetée pour nous. En notre nom. Dans la cuisine à la fois rustique et ultramoderne s'affaire une petite dame de la région embauchée chaque semaine pour faire les courses, les lits et le ménage de ces messieurs-dames de Paris. Elle est, en effet, petite.

Chambre du maître de maison et de sa maîtresse devenue sa femme deux mois et demi après leur rencontre à la Maison de la Radio. Sur les deux tables de nuit, des livres. Sur celle de Bob, les deux romans de Natacha. Celui qui a marché – le premier – et celui qui n'a pas marché : le deuxième. Elle termine le troisième. « Elle m'en a lu des passages, commente Bob. C'est assez fort. Tous émouvants et tragiques sans que je comprenne pourquoi. » Aussitôt fuse une question de Zoé : « Ça raconte quoi ? » La Russe, avec une impatience tendre : « Je te dirai. » Il y a trois autres chambres : pour les trois couples d'amis qu'ils ont ? « Choisissez la vôtre. » Pas sûr qu'on passe la nuit ici : le dimanche midi, Zoé doit récupérer Sabine chez ses parents, rue Lamarck. Ils ont un enterrement. D'un autre général de gendarmerie.

Arrivée d'Éric et de Gwendoline. Lui avec son charme bourgeois insolent, elle munie de sa foudroyante beauté noire. Ils laissent leur grosse voiture hybride derrière la nôtre, petite diesel. S'empressent de s'extasier sur l'endroit. Si on faisait moins de compliments aux propriétaires de maisons de campagne, renonceraient-ils à nous les faire visiter ? Natacha s'y colle, Bob doit surveiller les cèpes. « On aurait dû amener Sabine », dit Zoé. Première fois depuis notre liaison, qui a un peu plus d'un an, qu'elle regrette devant moi l'absence de sa fille. On propose à mon ami d'enfance de l'aider. « Surtout pas. » Les cuisiniers amateurs ont horreur de deux choses : qu'on les conseille et qu'on les aide.

Zoé décide d'explorer le jardin, sentant que Bob a besoin de me parler. Pourtant, quand nous nous retrouvons seuls, il ne me dit rien. Trop occupé par ses cèpes ? « Ça va ? » Il dit, sans lever la tête de ses champignons, qu'il ne sait pas si ça va. « Natacha est passionnante mais il faut suivre. Une Russe, plus une artiste. » Je dis que ça sent le suicide, parole humoristique et abominablement prémonitoire. « De qui ? Elle ou moi ? » Que lui reproche-t-il ? « Elle a des sautes d'humeur vertigineuses. – Bipolaire ? – Elle refuse de voir un psy. » L'influence de Vladimir Nabokov sur les jeunes romancières d'origine slave ? Je me suis toujours demandé pourquoi l'auteur de *Feu pâle*, son meilleur roman à mon goût, avait une telle aversion envers Freud et ses millions de fidèles à travers le monde en folie. « Elle te met en danger ? – Oui, mais me fait vivre. » Retour dans la cuisine de notre passionnant sujet de conversation : mince brune dont le visage et le corps d'une juvénilité enivrante créent toujours un choc, même aux femmes. Zoé la moins mignonne des quatre. Raison pour laquelle elle est allée se cacher dans le jardin, toute à son regret de ne pas avoir emmené sa fille prendre l'air dans le Perche ? Sa fille : la seule personne qui la trouve plus belle que Natacha, Gwendoline et Maria.

L'aisance d'Éric. Sa fausse modestie bien mimée : on jurerait qu'elle est vraie. Il se balade dans le monde, les mains dans les poches pleines. J'aime son calme ironique, encore plus prononcé quand aucun des livres publiés par lui ne se vend. Il met un point d'honneur éditorial à ne pas célébrer ses succès et à ne pas déplorer ses échecs. Il se réjouit : « Les cèpes. Ce sont les premiers, non ? » Natacha propose quelque chose à boire mais tout le monde est à l'eau, sauf les femmes. « C'est l'alcoolisme à l'envers », commente Éric. Retour de Zoé. Elle dit qu'elle adore cet endroit avant d'agonir de questions les propriétaires : quand ont-ils acheté la propriété ? Sont-ils passés par une agence ? Ont-ils fait connaissance avec leurs voisins ? Songent-ils à creuser une piscine ? Bob, le 27 décembre 2018, se pendra dans cette maison. Le Perche en hiver ?

Gwendoline ne pose aucune question, laissant la parole à sa beauté. Elle a un sourire incertain qui ne s'adresse à personne et à tout le monde, peut-être à elle-même et à son futur enfant : elle est, Éric me l'a appris hier au téléphone, enceinte. « Fou de joie ? – Oui, mais ça va faire des frais. – Un garçon ou une fille ? – On préfère ne pas le savoir. – Pourquoi ? – Un peu de suspens. » Quand annonceront-ils l'événement ou plutôt futur événement ? Avant ou après les cèpes ? « Après. » Éric a-t-il averti Bob et Guillaume en même temps que moi ? Non. La vie : innombrables questions de protocole.

Le déjeuner du samedi dans une résidence secondaire : un classique petit-bourgeois. Nous n'attendons pas les Lambert. Sont partis trop tard de la rue du Rocher, prendront le repas en route. Malgré le beau temps, on ne mange pas dehors. Bob a horreur de ça. Les stars vivent cachées, finissant par y prendre goût. Natacha, Gwendoline et Zoé avaient milité pour la terrasse mais il n'y a rien eu à faire. Ont ajouté ce léger mécontentement à d'autres, plus lourds. Ce petit carnet que les femmes gardent caché dans leur tête et où elles notent, avec un soin de bonne ménagère, nos méfaits jusqu'à ce que le compte soit assez bon, c'est-à-dire assez mauvais, pour qu'elles décrètent notre exclusion de leur ravissante existence. On entame les cèpes. Chacun célèbre les dons culinaires de Bob. Il nous explique que les musiciens restent beaucoup chez eux pendant la journée, fatigués de sortir le soir pour leur travail. Du coup, ils s'occupent à la cuisine, la plupart d'entre eux n'aimant pas lire. Ce n'est pas le cas de Bob : cuisinier et lecteur. Nos après-midi, adolescents, à la bibliothèque municipale de Romainville. Bob partait toujours avant moi pour faire de la musique avec son groupe : les Solos. C'était lui qui avait trouvé le nom. Prévoyant qu'il le quitterait bientôt pour une carrière *solo* ?

À la campagne, les invités s'annoncent par un bruit de voiture qu'à Paris on n'entend pas à cause du bruit des autres voitures. Guillaume et Maria interrompent, par leur entrée spectaculaire, la cérémonie des cèpes. Ombre sur le visage du chanteur. Les vedettes toujours mécontentes qu'on leur vole la vedette mais savent faire bonne figure. Ne la font-elles pas toute leur vie ? En présence de Guillaume, Éric s'éclaire et vice-versa. Vieux soldats de deux armées toujours vaincues entre deux victoires inattendues et inespérées : la maison d'édition de l'un et celle de l'autre. « Zut, on a raté les cèpes, se plaint Guillaume. – On vous en a laissé, dit Natacha. – C'est gentil », glisse Maria. Elle est trop habillée pour la campagne mais on n'est pas à la campagne, on est à un déjeuner. Où trois romancières vont faire du charme à leurs éditeurs dont elles attendent le bonheur, c'est-à-dire le succès. Zoé est la moins sexy des femmes mais sa beauté fascine, je le vois, Éric, Guillaume et Bob davantage peut-être que les tenues aguicheuses des trois autres dames présentes. Bob s'empresse avec ses cèpes auprès de Guillaume et de Maria qui, comme nous, vont chanter leur saveur et leur cuisson (« beurre, huile, échalote, feu vif – dix minutes après leur avoir fait rendre l'eau à sec »). « Pourquoi ne vous êtes-vous pas installés dehors ? s'étonne la Grecque. Avec le temps qu'il fait, c'est ballot. »

Après le repas, deux groupes. Celui des hommes d'un certain âge et celui des jeunes femmes. Les filles boivent, les garçons ne fument plus. Seul Bob fait, chaque quart d'heure environ, la navette entre les deux sexes. On entend davantage de rires du côté féminin, ça doit être parce que l'alcool y est le plus présent, sauf dans le cas de Gwendoline, rapport à sa grossesse. Les deux éditeurs, le chanteur et l'écrivain parlent à voix basse comme s'ils étaient dans une église. Les femmes, surtout les jeunes, ne sont-elles pas, pour ces vieux séducteurs, une religion, peut-être même la seule ? Surgit dans le côté masculin une créature échevelée : Maria. « Gwendoline est enceinte, Éric, et tu ne nous le disais pas ! – Elle se réservait le bonheur de le faire. » La Slovaque arrivée en deuxième position à la course au bébé. Aidée par sa beauté ? Sa couleur ? Sa douceur ? Zoé est douce aussi mais moins, c'est peut-être parce qu'elle vit avec un ouvrier, moi, et pas avec un patron : les deux papas. Un an qu'elle me demande un enfant alors que je ne suis pas encore divorcé de ma deuxième épouse. Je dis deuxième, parce qu'il y en aura une troisième. Et qui sait : peut-être une quatrième. Comme Sacha Guitry. Mon côté boulevardier. Boulevardier de Clichy.

Le bébé, créature captant l'attention de tous, même pas encore né. Comme un chat. Ou le feu. D'abord le jeu de société des prénoms. Si c'est un garçon ? Je propose Kevin, afin de les entendre hurler. À la campagne, les Parisiens hurlent, c'est pour gâcher le silence. La majorité tombe sur Jean. Court, indémodable. Éric risque Joseph, comme Joseph Roth, son écrivain préféré. Guillaume n'est pas d'accord : à part *La Marche de Radetzky* – « et encore il faudrait le relire » – que des romans faibles, trop alcoolisés. Hélène fera l'unanimité mais, le 19 janvier 2018, la fille d'Éric et de Gwendoline atterrira dans ce monde sous le mystérieux prénom racinien d'Athalie.

10.

Le moment où je souffre le plus de notre séparation : en début de fin d'après-midi, quand je rentre rue des Trois-Frères. Chez nous. Qui n'est plus que chez moi. Où personne ne m'attend. Ni enfant, ni animal, ni domestique. Je retourne dans ma tombe après la fin de mes visites au cimetière de ma vie. Je reçois dans mon cœur l'explosion de mon passé. C'est sans chaleur, sans profondeur. Sans goût ni histoire. J'ai perdu le sentiment de la vie. J'erre dans cet univers de lignes droites sans pourtant y trouver mon chemin. Chacun de mes pas : celui d'un condamné à mort. Je regarde les gens aux terrasses des cafés et sur les trottoirs. Aucun d'entre eux ne se doute que j'endure la douleur fade de ne plus trouver de sens à ma vie. L'escalier : celui d'un échafaud en plus long. J'ouvre la porte avec désespoir et la referme avec allégresse. Rempli du bonheur de ne pas voir Zoé et sa fille. Mon angoisse, à l'annonce de cette excellente nouvelle quotidienne, se dissipe au profit d'une sensation de renaissance. De délivrance. Je ne suis plus le prisonnier de Zoé, c'est-à-dire de son mécontentement, de sa colère, de son aigreur : arsenal hideux qui a transformé la plus aimable, la plus attentive, la plus secourable des jeunes femmes en Erinye. Jeune femme ? À 40 ans, on n'est plus jeune. On est quoi alors ? Une jeune vieille ? D'où la fureur. Zoé se voyait vieillir sous mes yeux, donc devenir moi. Elle s'est éloignée de ma personne, comme, dans un autobus, on s'écarte d'un obèse, d'un handicapé ou d'un SDF. Afin de ne pas – de ne plus – m'être apparentée. Chez moi, je ne suis plus un bizarre objet de répulsion mais une personne normale avec qui ses amis, au téléphone, conversent sans inquiétude. Rue des Trois-Frères, les derniers mois, j'étais devenu une espèce de chat maltraité, à l'aise sur aucun coussin. Qui désormais se vautre avec extase sur le canapé, les fauteuils, le lit.

Le XVIIIe. Le 18, comme disent les jeunes. Filles et garçons. J'aime bien, le dimanche, y marcher avec une lenteur jouisseuse. Montmartre cité circulaire dans un grand désordre émotionnel. Les rues se bousculent sur leurs pavés. On a l'impression qu'elles ne sont jamais au même endroit, qu'elles ont bougé pendant la nuit. Champs lotis depuis peu et dont il reste quelque chose dans l'air. Là où il y a des moulins, il y a du vent. Exemple : Mykonos. Montmartre vigie terrestre accueillant les marins sans vaisseaux perdus dans Paris. Le 18 est-il mon ami ou mon ennemi ?

Zoé m'a fait changer de vie en me retirant de la rue de Belgrade, puis elle m'a retiré de la vie. J'hésite à définir dans quoi je m'agite à présent, cette insouciance de vieux monsieur qui ne vit que pour ses plaisirs, comme un bébé. Téter un jeune sein, jeune par rapport à moi mais plus si jeune. Sauter les repas avec l'impression de faire l'amour à quelqu'un de léger : moi-même. Je flotte dans Montmartre comme dans un pantalon trop grand. Tenace, intolérable sentiment d'irréalité.

Ce quartier où je ne suis plus chez moi depuis que nous n'y sommes plus ensemble. C'est pourtant le seul endroit sur terre où je ne me sente pas un étranger. Sa magie grise m'enchante, comme la brume dans laquelle on peut se cacher. C'est une ville étrangère, vu le nombre d'étrangers qu'il y a dedans. Je voyage dans le voyage que font ici les voyageurs. Sur la Butte, on fabrique encore du vin, pourtant moins bon que ceux de la Chapelle et de la Goutte-d'Or qu'on ne fait plus. Le 18 mars 1871, barricades de femmes place Pigalle et place Blanche, montées sous l'autorité de Louise Michel. À Brazzaville, barricade signifie : une fille légère. Brazza dont Toulouse-Lautrec aimait entendre les récits de voyage au café Weber. Femmes à l'origine de la Commune de Paris et de la révolution russe. Le Gaumont Palace a remplacé l'Hippodrome, place de Clichy. C'était le plus grand cinéma du monde. Je passe chaque jour ou presque devant son fantôme, avant ou après le pont métallique Caulaincourt.

Au-dessus des tombes du cimetière de Montmartre. Lautrec mangeait épicé pour boire plus après (bourgogne, champagne, porto, cognac). Toute une vie à être soûl. L'homme des bordels finit sa carrière de séducteur nain en courant derrière une Anglaise de bonne famille, rêve blond dont il ne fera, une fois de plus, que le portrait. Henri IV, avant d'entrer victorieux dans Paris, a-t-il baisé des abbesses ainsi que le racontent les protestants toujours fâchés contre lui depuis le XVIe siècle ? Paris vaut bien un massacre. En 1889, l'année de l'ouverture du Moulin Rouge, Verlaine publie son plus noir recueil : *Parallèlement*. Ces femmes de 45 ans et plus qui, après un premier rendez-vous, vous demandent de les accompagner quelque part, lasses d'aller seules aux dîners, fêtes, premières, galas. Elles veulent, au moins un soir, avoir le sentiment qu'elles ont quelqu'un d'assez intime avec elles pour se montrer en leur compagnie. À la fin de sa vie, Lautrec dormait avec sa canne. Comme moi avec mon transistor. La vieillesse est une adolescence sans avenir.

Le passé criminel de mon bobo quartier. Rixes au couteau. L'endroit le plus fréquenté, au XXe siècle, par la jeunesse du coin : l'hôpital Lariboisière. Champions du point de suture. Une demoiselle Tamatre, le 11 avril 1914, tire cinq coups de revolver sur son amant qui s'appelait Jolly et devait l'être. Bagarres de femmes pour un homme. Une fille de la rue Lepic et une autre du boulevard de Clichy, toutes deux prostituées, s'expliquent au couteau (10 septembre 1900). Au 1 de la rue des Abbesses, au cinquième étage – dans l'appartement loué par Éric pour ses deux enfants –, une couturière de 21 ans se jette par la fenêtre. Je pense souvent à elle en descendant la rue des Martyrs. C'était une martyre, comme moi. À Montmartre, on se dispute et on s'entretue aussi entre copains. Alphonse Bonce, le 20 mai 1908, tire un coup de revolver sur son copain Émile Clergeat. Il le manque mais Clergeat sort un couteau et ne le manque pas, lui. Repaire d'escrocs camés, de tueurs fous, d'ivrognes assassins. Ce parfum de crime toujours perceptible dans le calme touristique aux mille jambes. Ce suicidé qui ne quitte pas ma mémoire : Aliouné Bâ, Sénégalais de 31 ans, se suicide au gaz, 57 rue des Abbesses, « à la suite de chagrins intimes », précise le journaliste de *Ce Soir*, le quotidien communiste dirigé par Aragon. Le même jour, dans *L'Humanité*, une brève identique, sauf que le nom de la victime change, Bob Alcour. Il n'a plus 31 ans mais 30. Il n'est plus garçon de magasin mais garçon de café. *L'Huma* nous apprend que le 57 rue des Abbesses est un hôtel. Au début du siècle dernier, les hommes pauvres habitaient à l'hôtel. Et les femmes pauvres aussi. Dans *Le Matin* du 28 juin 1911, un certain F.R. se plaint du manque de police dans les rues Lepic et des Abbesses. Les inspecteurs préfèrent baguenauder à Pigalle plutôt que s'aventurer sur les dangereux jardins de montagne mal éclairés de Montmartre. Un voyou corse – Jean Susini, 28 ans, 4 passage des Abbesses – fournit de la cocaïne à un dealer suédois de 41 ans, Karl Astrand. Tous deux arrêtés, le 9 mars 1938, par le commissaire Albayez.

11.

De nos quatre couples, mon préféré n'était pas le nôtre mais celui formé par Guillaume et Maria. C'était un problème pour moi de ne pas être fasciné par l'entité Lucien-Zoé qui me paraissait bancale, anodine, promise au rejet par la société, puis par nous-mêmes. Je revois les Lambert arrivant les derniers dans le Perche, chacun une bouteille de champagne à la main. Ils ont la même petite taille, se retrouvant toujours, en une journée, devant une ou plusieurs personnes plus grandes qu'eux et qu'il leur faudra désarmer, apprivoiser, séduire. Ils ont une amabilité mécanique, dépourvue de sentiment. Elle n'engage à rien, pas même à la réciprocité. Ils se sont ramassés sur leur couple, au milieu duquel trône désormais Ulysse. J'aime la douceur et la précaution avec lesquelles ils se parlent, comme s'ils étaient en train de soulever à deux un objet rare de grande valeur. Quand ils se regardent, c'est comme si leurs yeux se prenaient la main. Ils firent tout de suite un enfant, Maria pressée de profiter de son veuvage pour devenir maman et Guillaume impatient d'attacher cette superbe millionnaire grecque à sa personne.

Au retour de Patmos, Guillaume téléphona à Maria, ayant été obsédé, pendant plusieurs jours, par sa beauté sévère mais tendre croisée un peu partout dans l'île, en particulier sur la plage. Tant pis si la Grecque avait besoin d'argent : il en avait. Elle décrocha. On a tellement l'habitude d'écrire aux gens et qu'ils nous écrivent qu'on reste stupéfait quand on obtient leur voix en direct. Guillaume demanda à Maria si elle se souvenait de lui. Il avait préparé quelque chose de mieux pour le répondeur de la romancière mais l'avoir en direct détruisait son plan, il fallut improviser. Après qu'elle eut répondu oui à sa question idiote, il demanda si elle voulait lui donner son roman à lire. Elle dit qu'il était déjà accepté par un autre éditeur. « Vous n'avez rien signé, Maria ? » Elle dit qu'elle avait le contrat sous les yeux. Il doublait l'à-valoir. Elle dit qu'il n'y en avait pas, alors il comprit de quel éditeur il s'agissait. Il dit qu'elle allait être noyée dans un programme prestigieux mais pléthorique, qu'il valait mieux pour elle venir chez lui. Il serait généreux sur l'à-valoir. « Vous n'avez même pas lu mon livre », protesta Maria avec un rire aigrelet. Il dit qu'il envoyait quelqu'un le chercher. Elle l'apporterait elle-même, elle était à côté de la maison d'édition. « Comment savez-vous où se trouve ma maison d'édition ? – D'abord, ce n'est pas la vôtre : vous êtes dans un groupe. Ensuite, j'ai regardé sur Internet. – Quand ? – Il y a une minute. – Je vous attends. – Non, maintenant j'ai coiffeur et piscine, mais pas dans cet ordre. – Un dîner ? – Les hommes mariés dînent avec leur femme, non ? – On est séparés. – De corps ou d'esprit ? – Les deux. » Maria n'était pas libre à dîner et, du reste, Guillaume non plus : il devait passer la soirée avec un best-seller suisse qu'il comptait débaucher. Mais il n'aurait pas hésité à le décommander si la Grecque avait accepté son invitation. Il plaçait la vie amoureuse derrière la vie professionnelle mais aurait fait une exception, selon l'aveu qu'il fit par la suite à sa bande d'amis : Éric, Bob et moi.

Le lendemain de ce premier contact téléphonique, Maria apporta son roman à Guillaume là où elle avait prévu de le faire : le bureau de l'éditeur. Il regarda le texte avec une gourmandise équivalente à celle avec laquelle il regardait la romancière. Minces tous deux. « Un éditeur n'est pas quelqu'un qui aime lire, c'est quelqu'un qui aime lire les manuscrits. » Il ajouta qu'il était frustré : il n'y avait, à vue d'œil, qu'une centaine de pages. « C'est imprimé petit, dit-elle. – Écolo ? – Économe. » Il ouvrit la brochure. Le titre – *Papa, colonel grec* – lui parut prometteur. « Les lectrices adorent quand une femme démolit son père dans un livre parce que pas mal d'entre elles ont été démolies par le leur. Dans un lit parfois. » Guillaume était tellement habitué à lire des textes qu'il n'aimait pas, avec ou sans l'intention de les publier, qu'il fut troublé d'aimer le roman de Maria. Il était hors de question d'éditer le roman lui-même, puisqu'il avait l'intention d'entamer une histoire de sexe et peut-être d'amour avec la Grecque, mais il ne voulait pas non plus faire ce cadeau à un autre éditeur et surtout pas à Éric Lorrain. C'est ainsi que, dans la petite maison où elle officiait depuis plusieurs années comme éditrice, Zoé reçut *Papa, colonel grec*. Le livre parut quelques jours après le mariage de Guillaume et de Maria, celle-ci étant déjà enceinte de cinq mois. Dans la presse professionnelle et certains médias à caractère culturel, Guillaume avoua que, pour des raisons de conflit d'intérêts, il n'avait pas jugé opportun de faire paraître le roman de son épouse sous ses propres couleurs. Résolution d'autant plus pénible qu'il avait eu, pour le livre de Maria – qui signait l'ouvrage de son nom de jeune fille : Delyannis –, un coup de foudre presque aussi fort que celui qu'il avait eu pour son auteur. Le roman eut, pour une première œuvre, un succès décent mais qui ne satisfit pas Guillaume, plus obsédé par les ventes que Zoé. Il n'était content ni de la diffusion, ni du plan médias, ni de la publicité. Il allait partout répétant qu'il aurait fait mieux. Cela avait exaspéré Zoé, dont je me rendrais compte avec une surprise attristée, mois après mois, qu'elle prenait son métier d'éditeur au sérieux. Quand Maria entama, un an plus tard, la rédaction de son nouveau roman – celui qui sortit à la rentrée littéraire de septembre 2019 en même temps que ceux de Natacha et de Gwendoline –, mon épouse, qui n'était pas encore mon épouse, se fit prier pour en lire les premiers chapitres. N'obtenant pas de réponse à ses demandes d'entretien au cours duquel elle aurait donné à Zoé le tirage papier du début de *Le Jour heureux*, Maria se résigna, contre ses principes, à envoyer le texte par mail. Après un silence de plusieurs semaines, Zoé fit à la Grecque une réponse diplomatique : c'était bien, il fallait continuer. Maria continua mais ne donna pas le manuscrit terminé – avant le *retravail* – à Zoé. Guillaume confia le texte, non sans une solennité émue, à Éric pour qu'il en fasse un meilleur usage que celui fait à *Papa, colonel grec* deux ans plus tôt, par la maison d'édition de Zoé.

Quand on a épousé une Grecque, on passe toutes ses vacances d'été en Grèce, surtout si on lui a fait un enfant. Ils l'avaient donc appelé Ulysse. J'aurais préféré Hector mais, comme le confia Guillaume lors du déjeuner de baptême grec orthodoxe, ce n'était pas moi le père et n'avais donc pas voix au chapitre. Du reste, Hector est un loser : il se fait démonter par Achille. Tandis qu'Ulysse c'est le succès, la ruse et le succès de la ruse. Guillaume dut s'habituer au mois d'août athénien : personne dans les rues, que des sacs à dos. Cette ville antique dont le premier prince était un enfant : Othon 1er, 17 ans. L'éditeur aimait les lourds immeubles bavarois du XIXe, en contradiction avec la légèreté et la gaieté cycladiques. Un peu d'Europe centrale tombée dans les Balkans. La ville, en 1833, comptait 9 040 habitants. Comment était la vie sur terre quand il y avait des milliards de terriens en moins ? Ils étaient, par surcroît, plus petits qu'aujourd'hui. Guillaume aimait, à Athènes comme dans les îles, s'installer à une terrasse en compagnie de vieux Grecs dont il ne parlait pas la langue. Il en avait assez de comprendre ce que les gens lui disaient car ils lui disaient toujours la même chose : leur œuvre, leur argent, leurs prix. C'étaient, en majorité, des auteurs, y compris désormais son épouse. Il s'asseyait volontiers à l'ombre des poivriers de la place de la Constitution. À la famille de Maria et aux amis de celle-ci, il demandait pourquoi les Grecs ne dansaient pas le sirtaki et on lui répondait que les Grecs ne dansaient plus.

Le bonheur de Guillaume et Maria grandissait de mois en mois. C'était comme regarder un arbre pousser en accéléré. L'éditeur se plaignait de signer trop de chèques et la romancière de n'avoir ni le temps ni la place nécessaires pour écrire mais en leur présence on ne ressentait que l'affection et le respect qu'ils avaient l'un pour l'autre. Leur couple était mieux assorti que les trois autres de notre petit clan peu proustien – aucun gay, aucune duchesse, aucun violoniste – car la différence d'âge entre Guillaume et Maria n'était que d'une quinzaine d'années. Cela facilitait les conversations comme, en cas de dispute, les réconciliations. Leur harmonie physique reflétait leur entente intérieure. Zoé marchait trop vite pour moi. Est-ce quand je lui ai demandé – dans la rue Yvonne-Le-Tac, en nous dirigeant vers la place Suzanne-Valadon et le funiculaire, un soir d'hiver – de ralentir le pas qu'elle commença à ne plus m'aimer ? Pour Bob et Natacha, c'était l'inverse : la Russe était, dans les rues comme dans la campagne, toujours un peu en arrière du chanteur, que ça exaspérait. Il lui demandait de marcher à sa hauteur et elle répondait qu'elle n'était pas à sa hauteur. Avait-elle honte d'être vue avec lui ? Elle disait qu'avec lui elle n'était pas vue car les gens ne regardaient que lui. Quant au couple Éric-Gwendoline, on ne les surprenait presque jamais à se promener ensemble. Elle arrivait aux dîners en Uber et lui sur son vélo électrique. Il lui jetait des regards paternels dont Guillaume se dispensait avec Maria. On lisait dans les yeux de la jeune femme, surtout quand elle apprit qu'elle était enceinte, la crainte d'avoir, dans dix ans, un vieux mari, alors qu'elle serait encore une jeune femme, accompagnée d'une crainte plus grande encore, celle qu'Éric décédât pendant l'enfance d'Athalie. Ils transportaient avec eux un climat de crainte qui empêchait leurs amis de goûter leur bonheur, comme nous le faisions avec celui de Guillaume et Maria.

12.

L'ivresse amoureuse de Bob Horvat. Je n'avais jamais vu le chanteur ainsi, même pendant notre enfance et notre adolescence. À 10 ans, au retour d'un voyage en Espagne avec ses parents – cette Costa Brava où s'agglutinèrent, dans les années 60 et 70, les vacanciers français indifférents à la tragédie politique, sociale et culturelle vécue par les Espagnols sous Franco –, il me montra un bracelet espagnol qu'il comptait offrir à une Brigitte, une Catherine ou une Sylvie, ces prénoms de petites filles romantiques devenus au XXIe siècle des prénoms de vieilles dames écolos. Il le conservait dans une enveloppe et, à chaque récréation, ne trouvait pas le courage de le donner à l'élue de son jeune cœur. Il me demanda de le faire. Je refusai. Alors, à la fin d'une journée d'école, il se précipita vers la petite fille, lui fourra l'enveloppe dans la main et s'enfuit sans attendre ni la réaction de sa bien-aimée ni son copain Lucien avec qui il faisait chaque soir le chemin du retour car nos parents étaient voisins. J'aimais déjà les longues conversations intimes et décousues qu'on a quand on marche dans une rue avec un copain, surtout si c'est une rue de banlieue. J'espérais que Bob m'attendrait non loin de l'école mais les trottoirs étaient remplis d'enfants qui n'étaient pas lui. Le trouverais-je sur le chemin de notre immeuble ? Non. Peut-être avait-il changé d'itinéraire afin de rester seul avec le souvenir de sa maladroite audace dont il était à la fois, me confierait-il ensuite, fier et honteux ? Le lendemain, la petite fille lui fit dire par sa meilleure amie qu'elle était touchée mais qu'elle ne pouvait pas accepter son cadeau parce qu'elle avait déjà un amoureux et qu'il ne comprendrait pas qu'elle porte un bracelet offert par un autre garçon. Puis, l'amie tendit l'enveloppe à Bob, qui la mit dans la poche de son survêtement. C'était un jour où on avait gym. Le soir, tandis que nous devisions à notre habitude sur le chemin du retour chez nous, Bob sortit l'enveloppe de sa poche et la jeta dans une bouche d'égout, sans changer de sujet de conversation qui était, comme souvent, le commentaire des feuilletons télé, ce qu'on appelle aujourd'hui les séries. Nous étions des fans de *Tanguy et Laverdure* sans arriver à décider lequel de nous deux était Tanguy (Jacques Santi) et lequel Laverdure (Christian Marin). Je me voyais plutôt en Laverdure et Bob plutôt en Tanguy mais nous inversions parfois les rôles, comme quand Laverdure faisait le clown pendant les cours et que je lui conseillais, sage Tanguy, de se calmer.

Se fit-il offrir une guitare, à 12 ans, par amour de la musique ou afin de séduire les filles de notre âge ou plus âgées ? Il avait pour elles la même passion que Laverdure. Quand il eut sa première mobylette en 1970, à 14 ans, il fut à jamais Tanguy, mais nous ne nous fréquentions plus guère. J'avais d'abord écrit : *plus guerre*. Oui, nous entrions en guerre. Lui avec sa musique, moi avec mes mots. Mes petits mots d'amour qu'étaient mes premiers livres. Nous nous retrouvâmes quelques années plus tard, quand il fut devenu un chanteur très célèbre et moi un auteur un peu connu. On n'était pas à égalité, on ne le fut jamais, sauf peut-être quand il mourut et que je me sentis aussi mort que lui.

La mésaventure du bracelet fut la seule fois, outre son mariage avec Natacha Kouraguine, où je vis Bob défait par l'amour. Il arrivait aux abords de la vieillesse avec une psyché intacte, à laquelle ses milliers de fans de sexe féminin avaient assuré une totale sécurité. Il eut l'impression de prendre Natacha sous son aile alors qu'elle en avait déjà, des ailes : celles à l'aide desquelles elle s'envolerait bientôt loin de lui. Par besoin d'être seule, expliqua-t-elle. Sauf qu'on la vit, quinze jours plus tard, au bras d'un cuisinier mondain dans les tabloïds anglais, car elle avait rejoint à Londres une petite colonie russe friquée que chasserait bientôt le Brexit.

Bob s'était déjà marié deux fois – avec un top model danois en 1989 et une prof de maths française en 2003 – et avait eu trois fils, deux avec la Danoise et un avec la prof. Il participait – avec une générosité que Natacha ne tarda pas à lui reprocher car celle-là entamait une manne financière dont elle se considérait l'unique réceptacle légitime du fait qu'elle livrait sa jeune et magnifique personne à un sexagénaire usé – à l'entretien de ces deux familles, la Danoise allant d'hôpital psychiatrique en maison de repos sous le regard éteint de ses deux fils drogués et l'enseignante vivotant dans les Yvelines avec sa maigre retraite de PEGC que lui ponctionnait son fils chômeur. Bob se sentait responsable de ces cinq échecs, ayant été un mari absent et un père improbable. Raison pour laquelle il inondait les siens d'argent. Lui ne faisait pas de chèques, c'étaient des virements. La vie, me demandait-il, ne consiste-t-elle qu'à acheter les gens, en particulier les membres de notre famille ? Natacha ne manquait de rien mais elle aurait préféré que Bob lui donne l'argent qu'il donnait aux siens, requête difficile à formuler ; du coup, elle la taisait. Bob avait loué, pour la Russe et lui, 250 m^2 boulevard Malesherbes, en face du parc Monceau. À chaque fois que, dans le bus 30 qui me ramène des Champs-Élysées à Montmartre, je passe devant l'ancien immeuble de mon ami, je ne peux m'empêcher de jeter un regard sur les sept fenêtres du premier étage derrière lesquelles il a tant souffert avant d'aller se pendre dans le Perche, devenant une icône pour des milliers de jeunes gens et de jeunes gens de mon âge, à l'instar de l'Israélien Mike Brant (1947-1975) et du Serbe Filip Nikolic (1974-2009).

Partagé entre concerts, tournages et promotions, Bob laissait souvent Natacha seule à Paris dans leur grand appartement où, disait-elle, elle avait du mal à écrire. Parfois, l'un des fils du chanteur faisait irruption boulevard Malesherbes, se servant des bières dans le frigo de la cuisine. Natacha terrorisée se réfugiait dans sa chambre jusqu'à ce que l'intrus s'en aille sans lui dire au revoir puisqu'il ne lui avait pas dit bonjour. Elle tenta de persuader Bob de retirer les clés aux membres de sa famille, ce qui l'occupa pendant presque un mois sans succès, jusqu'à ce qu'elle trouve la solution à leur problème : changer les serrures de Malesherbes, ainsi qu'elle appelait l'endroit. Elle allait à Malesherbes. Revenait de Malesherbes. Malesherbes sans Bob était sinistre. Etc. L'un des fils de Bob avait tenté d'entrer dans l'appartement, tabassé la porte puis, du trottoir, lancé des propos vengeurs vers les fenêtres de son père derrière lesquelles se cachait la jeune épouse russe. Qui, du coup, obtint des copropriétaires qu'on changeât le code d'entrée de l'immeuble.

Le troisième roman de Natacha (*Partie*), paru chez Éric Lorrain en mai 2018, fut un échec d'autant plus pénible pour elle que sa sortie coïncida avec le succès du dernier CD de Bob, dont une chanson sur deux était une déclaration d'amour à la Russe. Le chanteur triomphant grâce à elle, elle se persuada qu'elle avait échoué à cause de lui. De jeune auteure célibataire pleine de promesses, elle passait à *has been* mariée à un chanteur populaire. Elle mit en outre « Malesherbes » sur le banc des accusés : on ne pouvait rien *pondre* de valable dans un endroit aussi glauque, souillé par les trois fils Horvat. Elle obligea Bob à lui acheter un appartement où elle pourrait, disait-elle d'une petite voix rageuse, se regrouper, se concentrer. Une chambre à soi, comme avait dit Virginia Woolf, une de ses auteures – avec Anaïs Nin et Marina Tsvetaïeva – de prédilection. Après son installation boulevard de Courcelles, Natacha retrouva un peu de cette gaieté poétique qui avait caractérisé le début de sa liaison avec le chanteur. Ils dînaient souvent ensemble dans des restaurants gastronomiques se trouvant à mi-chemin de leurs domiciles respectifs. Bob rentrait avec Natacha à Courcelles, sauf les soirs où elle devait écrire le lendemain. Peu après son emménagement, elle avait entamé la rédaction d'un quatrième roman. Ça mettait Éric dans tous ses états. « Elle va nous emmerder longtemps avec ses manuscrits débiles, la Russkoff ? » se plaignait-il lors de nos déjeuners. Il avait compris que, devenue une vedette des médias de par son mariage médiatisé avec Bob Horvat, Natacha ne pouvait plus être refusée par un éditeur, lui en l'occurrence. « Refile-la à Guillaume, lui conseillai-je. – C'est fait. – En échange de quoi ? – Maria. Il ne peut pas l'éditer et ne veut plus qu'elle le soit par ton épouse : il la trouve nulle. – Il a couché avec elle ?

– Non. Mais du coup, c'est moi qui réceptionne le bébé grec. – Ce n'est pas bon ce qu'elle fait ? – Tu ne l'as pas lu ? – Non. Dans notre couple, la lectrice, c'est Zoé. »

Natacha quitta Bob en octobre 2018, avant la sortie de son quatrième roman. Cette fameuse rentrée littéraire de 2019 où, par un méchant hasard éditorial, les trois jeunes femmes – la Russe Natacha, la Grecque Maria et la Slovaque Gwendoline – publièrent chacune un roman. « Une pub Benetton », commenta Éric.

13.

La première fois que j'ai vu Sabine, elle était dans les bras de sa mère. Elle avait 2 ans et demi. Elle m'a regardé de ses grands yeux apeurés, comme si elle rencontrait un de ces monstres que les enfants voient dans leurs rêves après les avoir subis dans les dessins animés. Elle avait des pupilles à la fois noires et lumineuses. Ses cheveux bruns bouclés tombaient sur ses petites oreilles. Sa mince bouche humide me parut hostile : c'est de là que partiraient les innombrables « maman » qui me meurtrirent les oreilles de septembre 2016 à mars 2019. Je lui souris. Elle ne me rendit pas mon sourire. À 2 ans et demi, les enfants rient ou pleurent mais ne sourient pas, à l'instar des adultes russes. Aucun sourire, par exemple, chez Natacha Kouraguine. Ce soir-là, dans le petit appartement de la rue de l'Armée-d'Orient que Zoé louait après avoir quitté son mari, petit coin de paradis sexuel dans lequel nous serions heureux comme nous ne l'avons plus jamais été par la suite, Sabine refusa de se coucher, puis de s'endormir. Quand sa mère la mit au lit de force, éteignit la lumière et referma la porte du cagibi sans fenêtre où elle avait installé sa fille, entre le couloir et la salle de bains, Sabine hurla : « Tu ne l'avais jamais fait, maman ! » Elle m'associa pour toujours, ou du moins pour de longs mois qui me paraissent courts aujourd'hui, à la première punition infligée par sa mère et dont on sentait qu'elle bouleversait son univers enfantin, déjà troublé par la séparation de ses parents dont elle ne tarderait pas à me juger, à juste titre, responsable. Elle eut d'emblée deux lourds griefs contre moi : la destruction de l'harmonie familiale et la cruauté avec laquelle sa mère l'avait mise au lit malgré ses protestations désespérées. C'est ainsi que commença la guerre qu'elle me fit et qui vient de finir. Par ma défaite, d'où sa mansuétude à mon égard. « Tu lui manques beaucoup », me dit parfois Zoé au téléphone ou lors de nos dîners mensuels au Moulin de la Galette durant lesquels nous sommes censés travailler à notre divorce qui n'avance pas.

Les jeunes enfants ont des défenses d'éléphant. Ce sont des animaux sauvages qui ne cèdent pas un pouce de leur pouvoir, surtout de leur pouvoir sur leur mère. Celle-ci est le centre stratégique dans lequel ils se replient après chacune de leurs razzias dans le monde extérieur, c'est-à-dire hostile. Comme les félins, les enfants se battent jusqu'à la mort, sauf les enfants battus. Confrontés à un univers qui les dépasse, ils déploient leur énorme énergie et leur attention passionnée pour se protéger de lui. La violence verbale est leur seule arme, raison pour laquelle ils l'emploient. Zoé était le bouclier que Sabine brandissait devant moi, avec à chaque fois la même expression de supériorité amusée. Elle me laissait une petite part de Zoé, conservant pour elle le plus gros morceau de celle-ci : son cœur de mère. Sabine, dans sa réflexion furieuse de chaque instant, avait compris que Zoé pouvait me quitter, ce qu'elle a fini par faire, mais qu'elle resterait avec son enfant jusqu'à leur mort à toutes les deux. Réquisitionnant sa mère chaque jour de sa sortie de la crèche, puis de l'école maternelle, à la cérémonie de la lecture, elle m'en laissait deux ou trois petites heures que Zoé et moi mettions à profit pour nous aimer comme, naguère, nous le faisions jour et nuit. Sabine et ses petits regards en biais de cambrioleur : elle me volait chaque soir et chaque week-end plusieurs heures que j'aurais dû passer avec sa mère et que je passais seul sur le canapé du salon, à lire ou à écrire dans une symphonie de « maman » que jouait ma redoutable adversaire. Zoé et moi n'avions plus, pour l'importance de notre amour, qu'une semaine sur deux, celle où le père de Sabine, l'architecte, prenait l'enfant chez lui. Du coup, nous attachâmes moins d'importance à notre amour.

J'ai essayé d'aimer Sabine. Peut-être a-t-elle tenté elle aussi de s'attacher à moi, mais à aucun moment de ma relation avec sa mère je n'ai senti le moindre sentiment de la petite fille à mon égard. N'est jamais allée plus loin, avec moi, qu'une vague tolérance méfiante. Quand je lui offrais un de ces innombrables cadeaux idiots et pas chers qu'on fait aux enfants des autres quand on ne sait pas quoi leur dire – poupée, petite voiture, BD, etc. –, elle regardait sa mère avant de l'accepter, afin de s'assurer que mon présent était décent et sans risque pour sa personne. Zoé, les yeux pleins de sollicitude, souriait et acquiesçait de la tête. Alors, la petite fille s'emparait de l'objet. Sans dire merci, ce que sa maman lui reprochait mais avec une douceur telle qu'on avait l'impression qu'elle l'en félicitait. Sabine jouait quelques minutes avec mon présent avant de l'abandonner, le plus souvent sur le sol mal lavé que Zoé, peu portée sur le ménage, ne nettoyait que sur ma demande. Pendant toute la durée de notre amour, elle refusa que nous engagions une femme de ménage, arguant qu'aucune femme ne ferait jamais le ménage chez elle. Elle avait élu le samedi comme jour de grand nettoyage mais le samedi elle avait toujours autre chose à faire, en particulier avec Sabine : devoirs, lectures, courses. Le ménage était reporté au lendemain qui était un dimanche, jour réservé au déjeuner chez ses parents, le général patelin et son épouse italienne amusée qui avaient tous deux mon âge à quelques mois près. Le ménage, rue des Trois-Frères, était du coup reporté au samedi suivant, puis – pour les mêmes raisons – à celui d'après. Je finissais par m'y coller moi-même pendant la semaine, ce que Zoé constatait avec satisfaction à son retour tardif du bureau. J'étais par surcroît allé chercher Sabine à la sortie de l'école maternelle de la rue Caulaincourt où les maîtresses – le même mot pour les femmes qui nous débarrassent de nos enfants et pour celles qui nous donnent du plaisir – me prenaient pour son grand-père.

Le meilleur souvenir que je garde de Sabine et de Zoé est notre croisière au printemps 2018. La petite fille était heureuse de passer chaque nuit avec nous dans une grande et confortable cabine de paquebot alors que, rue de l'Armée-d'Orient – nous n'avions pas encore acheté les Trois-Frères –, elle devait se contenter d'un cagibi où nous la laissions seule. Mère et fille profitaient des escales pour se baigner dans la piscine du pont supérieur, la plupart des voyageurs étant descendus à terre pour visiter une ville au pas de course. En huit jours, nous n'avons pas quitté le navire, dernier lieu où notre amour fut protégé avant que la ville et les livres ne le détruisent. Aux repas, Sabine remplissait à peine son assiette afin de pouvoir retourner la remplir à peine : ce qu'elle aimait, c'était, comme tous les enfants, quitter la table.

Nous pensions que les Trois-Frères serait la maison de notre bonheur, elle fut celle de mon malheur. La poésie amoureuse fila par la porte d'entrée bleue. Sabine avait désormais une vraie chambre avec une vraie fenêtre : celle où je dors aujourd'hui, de préférence au lit conjugal qui ne l'est plus. Dans la cuisine de la rue de l'Armée-d'Orient, on ne pouvait pas dîner à trois, seulement à deux : Zoé et sa fille. Rue des Trois-Frères, malgré la grande cuisine et la belle table achetée à un designer de la rue Houdon, on continua. Le moment où un couple se nourrit séparément coïncide-t-il toujours avec celui où il fait moins l'amour ? Je voyais Zoé accorder à sa fille les soins qu'elle ne me prodiguait plus. J'assistais, accablé, au spectacle de nos anciennes amours, Sabine me remplaçant sur la scène. La petite fille ne me disputait plus sa mère puisqu'elle l'avait gagnée, du coup elle rangea sa colère envers moi au magasin des accessoires amoureux inutiles. Elle semblait comprendre la situation et même la regretter. Sentait-elle qu'en disparaissant de son enfance je la laissais à la merci de sa mère, plus dure et intraitable que moi dans plusieurs domaines, notamment l'éducation ? Fille d'architecte et d'éditrice, petite-fille de gendarme et d'économiste, Sabine est partie pour de longues et fastidieuses études, fort éloignées de la vie de création et de paresse qu'elle m'avait vu mener auprès de sa mère et que celle-ci, surchargée de travail et d'obligations professionnelles et familiales, supportait de moins en moins. Elle aurait voulu que je fasse autre chose, moi qui n'ai jamais rien fait à part être moi, c'est-à-dire écrire, et que je sois quelqu'un d'autre alors que je ne suis personne, comme tout le monde.

14.

Gwendoline ne connaissait pas Venise, qu'Éric avait déjà visitée plusieurs fois, toujours avec une femme : sa première fiancée, son ex-épouse et sa fille Sarah. Il faut aller à Venise avec une femme car toutes les autres sont prises. Il eut soin de ne pas descendre dans l'un des hôtels où il avait déjà séjourné afin qu'aucune ombre féminine ne hante ce dernier séjour d'autant plus important pour la Slovaque et lui qu'ils allaient se marier au consulat de France. Gwendoline avait trouvé le projet hyper-romantique et l'approuva avec vigueur, elle qui depuis leur rencontre un an plus tôt avait assuré à mon éditeur qu'elle ne souhaitait ni se marier ni avoir d'enfant. Venise, dans sa magie mouillée, bouleversait ses désirs et ses plans. Pour son second mariage, Éric avait décidé de ne pas faire de fête, mais serait intraitable sur la qualité de la pizza que son épouse et lui partageraient à leur repas de noces. Depuis son divorce houleux, assurait-il à la Slovaque, il était convaincu qu'une fête de mariage porte malheur aux mariés, d'où le projet vénitien. Outre que le mariage à Venise ferait un bien meilleur chapitre qu'un mariage à Saint-Germain-des-Prés dans le roman que Gwendoline écrirait sur leur histoire. Le principal problème des auteurs, m'expliquait Éric : ils attachent une importance démesurée à leur existence et du coup écrivent dessus. Cette petite bande d'anti-Flaubert. La descendance nombreuse du dégénéré Rousseau. Il regrettait l'époque, qu'il avait connue à ses débuts dans l'édition, où les auteurs arrivaient dans son bureau avec un manuscrit peaufiné qui traitait d'un vrai sujet : ne lui restait plus qu'à envoyer le texte à l'imprimerie. Nul besoin d'*éditor* pour taillader les phrases ni d'un avocat pour s'assurer qu'on ne s'exposait pas à un procès de l'entourage secoué par l'auteur indiscret.

La frissonnante étrangeté d'une femme noire de l'Est. Gwendoline avait lutté sa vie entière contre le racisme post-communiste. Le régime avait tant chanté les louanges des peuples africains en lutte contre le colonialisme et le capitalisme que dès qu'il tomba, la population et ses représentants politiques s'empressèrent de tourner le dos à tout ce qui leur rappelait l'Afrique et donc Gwendoline. Sa beauté était comme superflue dans ce pays qui ne rêvait plus que d'une obéissance réfléchie aux normes européennes. Où en était la Slovaquie en 2017 ? Gwendoline était fière de son petit pays gangrené par la mafia locale. « On assassine mais on bosse », disait-elle. Le journaliste d'investigation Ján Kuciak n'avait pas encore été assassiné mais regardait toujours sous sa voiture avant de monter dedans car il était l'un des nombreux Slovaques ayant vu *Casino* de Martin Scorsese en V.O. Dans les pays d'Europe centrale, on n'a pas les moyens de doubler les films étrangers, ce qui a fabriqué des générations de polyglottes. Gwendoline – diplômée en droit dans son pays et en économie à Oxford, à moins que ce ne soit l'inverse – prétendait qu'un certain degré de corruption ne nuit pas à une nation, au contraire. L'argent sale a, sur l'argent, un avantage : on le dépense vite. Les criminels n'ont pas de bas de laine, sachant limitée leur espérance de vie. On se débarrasse de l'argent du crime afin d'éloigner le crime. Moi, je n'aurais pas épousé une fille qui tenait des raisonnements pareils mais Éric n'avait peur de rien, descendant de plusieurs générations de grands bourgeois plus brutaux que le pire mafieux slovaque, par exemple Marián Kočner.

Gwendoline dans Venise, ondulant du haut de son 1,82 mètre (Éric : 1,91 mètre), de ses connaissances, de son talent et de son bonheur. Une princesse dans une république touristique. Les pigeons : message subliminal de la ville pour avertir les amoureux qu'ils se font pigeonner ? Quatre-vingt-dix églises où ne pas prier. Le pont du Rialto : premier et dernier supermarché vénitien. Ils n'allèrent pas se baigner au Lido, ce n'était pas la saison. « En Slovaquie, on se baigne en toutes saisons », disait Gwendoline, emmitouflée dans la parka Canada Goose crème qu'Éric lui avait offerte l'hiver précédent avant de l'emmener skier à Serre Chevalier et qu'elle avait insisté pour apporter à Venise où elle savait, par des connaissances slovaques, que le début du mois de mars peut être froid. Ils burent des cafés au Florian. Expresso pour lui, capuccino pour elle. Le jour du mariage, passèrent au vin blanc. Soave qui peut, dit Éric. Son unique contrepèterie du voyage. Du mariage. Le consulat de France à Venise se trouve non loin du Rialto. Pratique pour les gens qui voudraient se jeter à l'eau après la cérémonie. C'est un élégant immeuble blanc de trois étages. Seul le consul et les deux témoins italiens étaient lucides, tandis que l'éditeur et la romancière baignaient dans la liesse que procure le vin du matin. Tout est meilleur le matin, le soir étant moche et la nuit abominable, surtout quand on vient de perdre sa femme, au propre comme au figuré. Moi, c'est le figuré.

Une jeune fille célibataire est entrée au consulat de France à Venise, une femme mariée en ressort. Éric a acheté le plus petit bouquet de fleurs qu'il a pu trouver. Elle le jette dans la lagune au risque de se faire verbaliser : on ne doit rien jeter dans la lagune, elle est assez dégoûtante comme ça. Le couple désormais légitime s'embrasse, baiser pendant lequel les deux témoins disparaissent, un libraire de Milan et son épouse scénographe, tous deux du même âge que le marié. Une femme qui épouse un homme plus âgé qu'elle vivra avec des hommes et des femmes plus âgés qu'elle : les amis de jeunesse de son mari. Sans le bouquet, Gwendoline n'avait plus l'air d'une mariée, portant une minirobe rouge sous sa parka. En prévision d'une nuit de noces torride, la Slovaque avait acheté, la veille, des bottes rouges assorties à sa minirobe et dans lesquelles ses longues jambes noires et nues étaient comme un appel à se faire enlever. Éric pense qu'Athalie fut conçue à Venise, le jour même du mariage de ses parents. Les dates coïncident. En sortant de la pizzeria, Gwendoline demanda à son mari de lui laisser une heure ou deux, plutôt deux, de solitude, cette solitude que, depuis l'enfance, elle avait entretenue et protégée. C'était en elle et avec elle qu'elle avait commencé à écrire et qu'elle continuait aujourd'hui. Venant de Natacha Kouraguine ou de Maria Delyannis, une telle demande m'aurait paru ridicule mais Gwendoline avait pour moi un avantage sur les deux autres : j'aime ce qu'elle écrit. « On est mariés depuis une heure et tu me quittes déjà », protesta l'époux. Pendant les quatre-vingt-dix minutes qu'il employa à errer dans Venise sans s'éloigner de leur hôtel – le Gritti, le préféré d'Ernest Hemingway –, il craignit qu'en effet, sur un de ces coups de folie qui avaient jalonné sa jeune existence et auxquels sont sujets les personnages de ses deux romans, surtout le dernier, elle ne lui faussât compagnie et ne se volatilisât dans l'irréelle atmosphère vénitienne.

Que savait-il d'elle, au fond ? Son père congolais, lui-même écrivain et qui lui avait appris le français, était mort. Elle n'avait ni frère ni sœur. Pour la situer quelque part dans l'espace et dans le temps, Éric Lorrain n'avait que le premier roman publié de Gwendoline – *La Slovaque noire*, septembre 2016 – et une grosse dame blonde élégante dont il avait fait la connaissance par Zoom mais qui pouvait être une actrice payée par Gwendoline pour jouer le rôle de sa mère pendant un quart d'heure afin de rassurer son éditeur et futur mari, comme le roman, loin d'être l'œuvre autobiographique qu'il semblait être, se révélerait peut-être de la pure fiction qui n'est jamais pure. À mesure que passaient les minutes dans Venise surpeuplée, Éric se sentait de plus en plus oppressé et se rapprochait, par cercles concentriques, de l'hôtel alors que si Gwendoline avait décidé de le quitter elle serait partie à l'aéroport en motoscafo. Ou à la gare en vaporetto. La guetter à l'intérieur de la ville n'avait aucun sens mais il semblait à Éric que lui-même n'avait plus aucun sens. Il avait acquis la certitude qu'il ne reverrait jamais Gwendoline quand elle lui téléphona pour lui annoncer, de cette voix grave et mélodieuse qui faisait une grande partie de sa séduction, qu'elle avait fait la paix avec sa solitude, cette vieille compagne avec qui elle vivait depuis son enfance et qu'elle venait de quitter pour lui. Il était par conséquent autorisé à la rejoindre au Gritti, où ils eurent ce que Gwendoline appelle, dans son second roman (*Sensible*, août 2019), « un après-midi de noces ». Comme tous les gens qui ont une mauvaise vue – elle était hypermétrope et astigmate mais ne portait ses lunettes que pour lire et écrire –, elle préférait faire l'amour le jour plutôt que la nuit. « On y voit mieux », expliquait-elle. Quand Éric entra dans la chambre, sa jeune épouse était nue. N'avait gardé que ses bottes. Ils firent l'amour debout devant l'une des trois fenêtres de la suite. Puis couchés dans le lit à quatre places, après que la Slovaque eut enlevé ses bottes. Aurait-elle voulu du champagne ? Elle reprocha à Éric de se prendre pour James. James Bond. Le vengeur du MI6 ridiculisé par les Cinq de Cambridge, les premiers films de la série ayant été tournés peu après la défection de Kim Philby (novembre 1962) : *James Bond contre Dr No* (1962), *Bons Baisers de Russie* (1963), *Goldfinger* (1964). L'eau du robinet convenait mieux à Gwendoline. Éric lui expliqua qu'elle n'était pas potable. Il avait vu un reportage sur Arte à ce sujet. Ils se rhabillèrent vers huit heures du soir, prirent des Bellini au Harry's Bar. « C'est cliché, dit-elle. – Oui, mais c'est littéraire. » Éric ajouta qu'il n'avait rien contre les clichés : ils faisaient vivre l'édition. « Pas la littérature », dit Gwendoline. Le jour de leurs noces fut celui où ils comprirent qu'ils allaient se séparer, sauf s'ils réussissaient à trouver un compromis, ce dont l'éditeur ne doutait pas : la radicalité. Gwendoline était une révoltée, Éric un rassureur. Mot qui n'existe pas chez Littré. Ni ailleurs. Ma contribution modeste au vocabulaire français. Gwendoline voulait changer le monde qu'il allait bientôt quitter et donc ne voyait pas l'utilité de changer.

15.

Depuis ma séparation avec Zoé et le retour à Liège (Belgique) de la violoncelliste, j'ai connu une quinzaine de femmes plus âgées qu'elles mais plus jeunes que moi. J'ai fait la liste. Depuis que je suis seul, je fais des listes. Hier mardi – je ne vais jamais aux courses le lundi car à Montmartre beaucoup de commerces sont fermés ce jour-là, c'est le côté province de ce quartier de Paris –, j'ai fait la liste de ce dont j'avais besoin : mousse à raser, lames Mach 3, PQ. Quand je suis remonté chez moi, trois étages sans ascenseur, ma vie m'a paru d'un vide irréel. Puis l'ennui a repris son cours. Aujourd'hui, j'ai décidé de faire la liste des femmes avec lesquelles, depuis onze mois, ça n'a pas marché. Ne me suis-je pas donné assez de mal ? Trop ? Pourtant cinquante ou cent fois par jour, je croise, dans la rue ou dans les cafés, mon idéal féminin. Ultra-favorable au réchauffement de la planète : les filles ne se rhabillent plus en hiver. Dimanche dernier, au retour d'un déjeuner à huit place Edmond-Rostand, une femme : dos gris bien droit sous une queue-de-cheval blonde, au-dessus d'un derrière d'une largeur acceptable. Quelque chose en elle – une désinvolture triste, un désintérêt vague, une élégance pas stricte – m'indiquait qu'elle remonterait jusqu'à Montmartre. Pour retrouver une amie, un ex, une sœur, un collègue ? Un enfant ? Elle avait surgi dans mon champ visuel rue Sainte-Anne, que continue la rue de Gramont. Rue Laffitte, une famille de touristes anglais nous sépara jusqu'à la rue des Martyrs. Je n'avais toujours pas vu son visage mais il était impossible qu'il ne fût pas conforme à sa silhouette. Une fille laide n'aurait pas pris un tel soin de ses épaules, de sa taille. Rue des Martyrs, quelques mètres après le croisement avec la rue de la Tour-d'Auvergne, je l'ai dépassée – j'avais produit mon effort entre la rue Manuel et la rue Choron – et me suis arrêté devant la vitrine d'un marchand de chaussures. À l'endroit où Géricault fit cette chute de cheval qui se révéla, un an plus tard, mortelle ? D'Aragon, cette *Semaine sainte* (1958) adorée des anticommunistes alors que c'est moins réussi que le vilipendé *Communistes* (1949-1951). Je me suis retourné pour voir ce que j'avais imaginé : le beau visage mélancolique d'une femme de 35 ans environ. Ne voulant rien ajouter à sa peine, j'ai cessé de la suivre quand elle a tourné à droite dans l'avenue Trudaine.

Trop de chagrin dans le cœur d'une quadragénaire et trop de désespoir dans celui d'une quinqua. Ma liste : restauratrice vietnamienne (39 ans), journaliste télé avec blog (53 ans), romancière Gallimard (33 ans), rentière de talk-show sur chaîne câblée (49 ans), veuve pigiste dans la presse people (51 ans), Russe millionnaire et libraire (61 ans), Rwandaise maître d'hôtel (38 ans), philosophe au chômage (51 ans). Toutes ont guetté dans mon regard pourtant bénin les signes de leur vieillissement. Fin de règne. La beauté physique est un tel avantage que le jour où elle nous est retirée on se sent désarmé dans un monde hostile où pullulent des milliers d'adversaires acharnés et méprisants : les jolies filles et les beaux garçons de 25 ans. Mon problème majeur, voire sénior : n'avoir envie d'aucune femme que je pourrais avoir et n'avoir aucune des femmes dont j'aurais envie. Ainsi errons-nous de café en café, de restaurant en restaurant, de cinéma en cinéma, moi et mes pauvres soupirantes, mécontents de ce que la vie a fait, en secret, de nous. Ce grand bain de solitude. Pour ne pas s'y noyer, nous disposons de jouets sociaux ou culturels qui nous distraient plus ou moins : expos et autres premières, week-ends à la mer ou à la campagne. Ces vieux toujours sortis de peur d'être enterrés chez eux par un employé étourdi des pompes funèbres.

N'aurais peut-être pas dû rompre avec la violoncelliste. Mais elle faisait tellement de bruit en déplaçant les choses dans une cuisine qui n'était même pas la sienne. Du reste, c'est elle qui a rompu. Parce que j'avais passé un samedi sans lui téléphoner. On avait déjà trois dîners et un gala prévus pour la semaine à venir. J'ai fini par me dire qu'elle vivait en enfer : j'avais déjà le mien. Elle parlait sans arrêt, la plupart du temps sur un sujet repoussant : son ex. Me faisait lire sur son iPhone les messages amoureux d'un sexagénaire marié qu'elle avait quitté parce qu'il n'avait pas divorcé. Les femmes célibataires quittent souvent un homme marié qui n'a pas voulu divorcer, surtout quand elles approchent de la quarantaine, c'est-à-dire de la cinquantaine. Elles ne souhaitent pas toutes être mariées mais la plupart d'entre elles veulent que leur partenaire ne le soit pas non plus.

Ce roman sera-t-il celui du célibataire de 65 ans ? Chaque déjeuner, dîner ou week-end est pour lui un espoir de libération : le sortira-t-on de cette prison où il gît depuis des mois, voire des années ? Il s'y est défait. La porte de l'appartement ou du restaurant qui s'ouvre devant une nouvelle arrivante acharnée à plaire jusqu'à la fin du repas. La farandole des numéros de téléphone et des adresses mail après le dessert. Ces flirts fictifs. Le vent d'espoir qui souffle. La porte refermée derrière une jeune femme dont on n'a pas réussi à avoir envie. Appeler un jour plus tard ? Une heure ? Écrire ? Ces comédies pâles. J'ai tant voulu être le vieux que je suis, léger comme un oiseau de malheur. Inoccupé, inhabité. D'un désespoir lumineux. Rêvant de rien derrière chaque belle fille qui marche. Tous contes faits. Écrits.

16.

Leur première visite à Rome, après leur installation à l'hôtel de Russie : la maison de John Keats, place d'Espagne. « Mort à 25 ans comme moi, dit Natacha. – Tu as 25 ans mais tu n'es pas morte. – Je suis mariée : c'est pareil. – Le mariage, c'est toi qui en as parlé la première. – Parce que je suis suicidaire. – Charmant début de voyage de noces. – Ne t'inquiète pas, j'adore l'hôtel. » Tout le monde – son agent, son arrangeur, son attaché de presse, son producteur et moi – avait conseillé à Bob l'hôtel d'Angleterre (d'*Inghilterra*) mais il avait préféré rendre hommage à sa jeune épouse en choisissant l'hôtel de Russie. Elle refusa d'entrer au Vatican : « Tous ces pédophiles. – Tu ne veux pas voir le plafond de la chapelle Sixtine peint par Michel-Ange ("de 1536 à 1541", précisa-t-il après avoir vérifié sur Google) ? – Encore un pédophile. » Bob pensait qu'elle avait peut-être été abusée dans son enfance en Russie, ce qui, ajoutait-il, expliquerait ses comportements fantasques, ses tendresses infimes, ses colères brutales. Il ne lui posa jamais la question. Et moi non plus.

Ils buvaient, sur l'injonction de Natacha, leur café du matin dans un verre (*al vetro*). Mais refusaient le cornetto proposé par le serveur : soucieux de leur silhouette, lui par obligation professionnelle et elle par amour de sa propre beauté. Il y avait moins de gens qui connaissaient Bob à Rome qu'à Paris mais il y en avait quand même pas mal et beaucoup d'entre eux lui proposaient un selfie, la forme numérique de l'ancien autographe. Natacha s'éloignait d'eux avec une colère masquée par un plat sourire, refusant de figurer aux côtés de son mari – son vieux mari, comme elle disait –, même aux touristes qui le lui demandaient. « On aurait dû aller dans un pays où il n'y a pas la télé mais un tel pays existe-t-il ? disait-elle après avoir récupéré Bob. – Je ne dois pas être connu au Népal : pas alpiniste. Ou alors au Yémen, mais il y a la guerre civile. – Non merci : l'Afghanistan et la Tchétchénie m'ont suffi. – Tu n'étais pas née. – Mon père, si. – Il a été tué là-bas ? » Elle ne répondait pas aux questions sur sa famille. Tout ce qu'il savait à ce sujet, c'était que Natacha était arrivée en France avec sa mère et sa grand-mère à la fin du XXᵉ siècle. La grand-mère était morte en 2015 mais Ludmilla Kouraguine, la maman, avait assisté au mariage de sa fille et à la fête sur le bateau-mouche au cours de laquelle elle s'était soûlée avec morosité, comme si elle était un ancien soupirant de Natacha.

Après la maison de Shelley – « l'homme qui a trouvé le meilleur titre de roman du monde : *Tender Is the Night* » –, la deuxième exigence de la Russe fut le ghetto. « La culture juive me fascine autant que la musulmane. » Marais romain avec boutiques de fringues branchées ouvertes le dimanche et restaurants cacher. Il y eut la visite de la Villa Médicis où les rares pensionnaires qui croisèrent le couple le regardèrent avec stupéfaction : que cherchait, dans ce haut lieu de l'avant-garde artistique, une vedette de la variété française ? Bob avait le nez plongé dans le *Cartoville* de Rome, son guide touristique préféré car celui où il y a le moins de pages. Il y avait une exposition d'art contemporain dont il dut insister pour que Natacha la visite avec lui. Elle avait d'abord proposé de l'attendre au Ciampini, le restaurant le plus proche de la Villa. Elle détestait l'art et les artistes, sinon n'aurait pas épousé un chanteur populaire français mais un plasticien moscovite inconnu. Derrière son aspect humoristique, cette remarque faisait partie d'un plan plus large dont le but, ignoré de Natacha elle-même car comme les animaux elle ne savait pas qu'elle était cruelle, était la destruction de mon ami. La Russe était néanmoins sensible à la beauté et au luxe de l'établissement. Elle aurait aimé postuler à une bourse mais, désormais mariée à un chanteur ultra-friqué, n'avait plus aucune chance de l'obtenir. Bob subissait, avec ce stoïcisme des gens qui connaissent le prix de la réussite car ils l'ont payé, les différentes humeurs de Natacha parce qu'il avait une bonne raison : la nuit, où la douceur et la fraîcheur du jeune corps parfait de la Russe l'enveloppaient comme un pagne. Son visage bouleversant illuminait le lit. « Je te vois comme en plein jour, Natacha. » Elle lui tournait le dos et il la caressait jusqu'à ce qu'il s'endorme. Le matin, elle disait qu'elle n'avait pas fermé l'œil de la nuit alors qu'en allant à plusieurs reprises aux WC il l'avait à chaque fois entendue ronfler. Elle ronflait comme elle mangeait, avec une délicatesse ennuyée. Pourquoi tenait-elle à passer auprès de lui pour une insomniaque ? Trouvait-elle que ça faisait davantage écrivain ?

Rome : la ville ocre éternelle. Je comprends pourquoi Zoé tenait tant à ce que nous nous y installions. La ville qui détruit le temps, notre ennemi qui nous tue à la fin. Rome est en outre, avec Berlin, la capitale de la techno. Qui ne passionnait pas Bob. Il dut néanmoins, lors de ce voyage de noces, passer une nuit sur deux à Testaccio et à Ostiense pour permettre à Natacha de retrouver les joies de sa génération. À chaque fois, il se rendait compte avec effarement qu'il était la personne la plus âgée de l'assemblée, détail qui ne pouvait pas échapper à Natacha. Constatant qu'elle s'éloignait de lui pour se mêler à la foule des jeunes danseurs, il prenait lui-même ses distances, ce qui l'amenait à perdre sa trace. Il l'appelait sur son portable mais, bien sûr, elle n'entendait pas la sonnerie. Il sortait de l'établissement pour prendre l'air. On l'avait laissé entrer dans la boîte parce qu'il était accompagné d'une fille de 25 ans mais il n'était pas question pour les videurs de laisser ses 62 ans retourner dans ce temple de la jeunesse. Une nuit, Bob attendit presque une heure que la Russe le rejoigne à la sortie du club où il ne pouvait plus entrer. Quand Natacha apparut, il était en train de discuter avec une touriste française de l'âge de son épouse, en jupe ultracourte comme elle. Une jeune fan. Bob ne fût pas fâché de donner une petite leçon à son épouse. Il comprit trop tard qu'il ne fallait pas donner de leçons à Natacha : trop mauvaise élève pour les apprendre. Elle l'enfourna dans un taxi et, pendant tout le trajet jusqu'à la via del Babuino, ne lui adressa pas la parole. « Draguer une autre fille pendant notre voyage de noces ! » explosa-t-elle quand ils furent dans la chambre. S'amusant à tort de la colère de sa jeune épouse, Bob expliqua qu'il n'était pas un dragueur mais un dragué, allitération qui augmenta la fureur de Natacha. Elle insista pour qu'ils fissent lit à part. Il dit que la chambre, toute luxueuse et surtout chère qu'elle fût (737 € la nuit), n'avait qu'un lit. « Si tu avais été moins radin et avais pris une suite, il y aurait eu un deuxième lit et tu ne serais pas obligé de dormir sur le divan. » Bob lui fit remarquer qu'il n'y avait pas de divan non plus. Il y eut un silence. Les mariés se regardèrent dans les yeux, puis éclatèrent de rire. Le jour se levait sur Rome quand ils eurent fini de faire l'amour. Bob se dit – ainsi qu'il me le raconta par la suite – que de sa vie il ne s'était jamais senti aussi accompli, achevé, parfait. Et, pour la première fois depuis notre adolescence, il songea au suicide, celui qu'on appelle dostoïevskien : quitter le monde quand on est au sommet du bonheur. Bob n'avait emporté qu'un livre à Rome : *L'Idiot*. N'avait pu en lire que le premier chapitre. Il lirait le deuxième dans l'avion du retour. Et les 643 pages restantes (édition Gallimard de 1939, réimprimé en 1943) à Paris, avant et après le départ de Natacha rue de Courcelles.

Ce que la Russe aimait dans la vie, c'était demander des renseignements aux gens, surtout les hommes. Dans un restaurant, il fallait que le serveur lui explique chaque plat ou presque. Elle prenait des spaghettis aux truffes, puis demandait qu'on lui enlève les truffes : incommodée par leur trop forte odeur. Dans la chambre, son grand plaisir était d'appeler la réception. Elle avait interdit à Bob d'allumer la télévision sous le prétexte qu'on ne regarde pas la télévision pendant un voyage des noces, surtout quand on est à Rome. Ils n'avaient le droit de consulter leur courrier qu'une fois par jour. Pour quoi le *e* de e-mail a-t-il disparu ? Natacha avait enfermé leurs deux iPhone dans le coffre de la chambre dont elle était la seule à connaître la combinaison. Bob n'avait pas fait d'études supérieures et donc ne connaissait pas la Rome antique. Natacha, en revanche, s'intéressait à l'Antiquité romaine et envisageait même d'écrire, dans les prochaines années, un roman sur Jules César. Elle entraîna Bob dans le Forum, lui montrant d'un doigt érudit le stade, le palais impérial, le triclinium de la Domus Flavia – là où le chanteur ne voyait que de vieilles pierres inintéressantes. Rome, ville éternellement imaginaire.

De ce séjour, Natacha préféra le lit de l'hôtel de Russie. Les palaces ont une literie incomparable, disait-elle. On monte dans le lit comme sur un bateau. Attention à ne pas tomber. Commence la croisière de la nuit. Il y a le sexe, puis la conversation, puis le sommeil – le tout dans un confort absolu, une enivrante propreté. La chambre était fraîche comme la rosée du matin en forêt. Les désaccords, moqueries et petites fâcheries de la journée s'effaçaient. Les draps sentaient si bon qu'on avait l'impression qu'ils étaient changés toutes les heures.

Je suis venu à Rome pour continuer ce livre mais je ne me suis pas installé à l'hôtel de Russie, je suis juste passé devant plusieurs fois. Il est rose, comme beaucoup d'immeubles dans la capitale de l'Italie et du catholicisme. Lors de notre trip méditerranéen de 1972 – nous venions tous deux d'avoir 18 ans –, Bob et moi avions loué, au deuxième étage d'un immeuble ancien de la via Lavoca, une chambre dans une pension bon marché. Mon ami chercha, pendant une partie du séjour, à la retrouver, ce qui agaçait Natacha. « Tu visites Rome avec moi ou tu voyages dans tes souvenirs avec Lucien ? » Cherchait-il à retrouver les sensations de sa jeunesse, lui qui se sentait si peu jeune en compagnie de son épouse ?

17.

Gwendoline a quitté Éric. Une fois. Six mois avant son accouchement. Elle raconte sa fugue dans son second roman : *Sensible*. Qui n'a pas marché. À l'instar du premier. Et des livres de Natacha (*Les Âges*) et de Maria (*Le Jour heureux*), parus en même temps. Il était pourtant bon. Le meilleur des trois. À mes yeux, du moins. Pour ce que, pleins de larmes, ils voient. Peut-être aime-t-on davantage un texte qui raconte la vie de nos amis que celui qui raconte la vie d'inconnus, surtout s'ils sont imaginaires. Reconnaître sera toujours plus grand que connaître. Ce que le touriste préfère : retrouver en vrai le monument – ou le restaurant, le café, l'église, la plage – qu'il y a dans son guide. Découvrir quelque chose qui ne se trouvait pas en photo dans son *Cartoville* n'intéressait pas Bob à Rome. Dans *Sensible*, Gwendoline s'est blanchie. Explication donnée par elle dans le dossier de presse : « Je ne voulais pas me servir de la couleur de ma peau pour vendre des livres. » Phrase que la romancière pensait être à son honneur et qui serait une catastrophe pour la vente du livre, ce que Guillaume son éditeur et Éric son mari éditeur comprirent tout de suite. En quelques mots, la Slovaque s'était mis à dos les auteurs francophones de couleur, les Africains comme les Nord-Africains. Ils s'étaient sentis visés par sa déclaration. Celle-ci mécontenta en outre les critiques et les libraires qui défendaient ces écrivains. Ce qu'ils célébraient en eux, c'était justement qu'ils affichassent leur différence, comme on disait alors. L'autoblanchissement – mot qui n'existe pas, seconde fois que j'enrichis le vocabulaire français – de Gwendoline, loin d'être considéré par le monde littéraire comme une forme d'honnêteté intellectuelle – ne pas profiter d'un avantage dont on n'est pas responsable –, fut au contraire ressenti comme un rejet de sa race. « Je n'ai pas de race car je ne suis pas raciste », se défendit-elle dans une tribune publiée par un hebdomadaire souverainiste de centre-gauche. Elle ajoutait : « J'ai une couleur mais, lorsque je ne suis pas en face d'un miroir, je ne la vois pas. » Conclusion catastrophique, qui donna le résultat inverse de celui espéré. Certains extrémistes accusèrent même Gwendoline de négationnisme car, selon eux, elle niait être de couleur noire. Un Noir restait noir, qu'il fût ou non devant un miroir. Les attaques glissèrent peu à peu vers Éric, accusé d'avoir transformé une jeune romancière black branchée en dondon démodée mal blanchie. Il craignit que, sous le choc de ces polémiques, Gwendoline ne fît une seconde fugue.

Sensible commence par la description d'une cuisine en désordre : celle dans laquelle se retrouve une Slovaque de 29 ans, après que son mari – de 57 ans – est parti à son bureau. Il dirige une importante agence de publicité. L'héroïne hésite entre mettre en marche le lave-vaisselle – hier le couple reçut huit personnes à dîner – et rejoindre son jeune amant – 19 ans – à la sortie de Sciences-Po, rue Saint-Guillaume. Alzbeta – Éric qui avait lu le manuscrit et Guillaume qui l'éditait désapprouvaient le choix de ce prénom, ils en avaient cherché d'autres (Barbora, Branislava, Denisa, Kamila), mais Gwendoline resta intraitable comme une vraie femme africaine – a un court malaise dans l'escalier de l'immeuble où elle vit avec son mari Jean-Jacques Dupeyron depuis leur rencontre sur Internet le 24 mars 2016. Gwendoline conserva dans son texte la véritable date de son premier rendez-vous avec Éric Lorrain dans la maison d'édition de celui-ci. La Slovaque se demande si elle ne va pas vomir sur le joli tapis rouge – récemment changé par le syndic – de l'escalier. Elle est enceinte d'un mois. Réflexion, sur le trottoir de la rue de Luynes, sur la similitude sonore de mois et moi. Ce mois annonce-t-il la fin de son moi ? Elle a encore deux mois devant elle pour avorter. Deux moi. Charles – l'étudiant – ignore que sa maîtresse est enceinte. Elle lui apprend la nouvelle au Rouquet, boulevard Saint-Germain. Il demande qui est le père. Elle dit qu'elle ne le sait pas. Lui ou Jean-Jacques : elle hésite. Le mieux serait d'avorter, opération que les bolcheviks furent, en Europe, les premiers à légaliser : 1920. La grande tradition avorteuse des pays socialistes qui manquaient de capotes comme de pilules contraceptives. La chute du mur n'a pas changé grand-chose, sauf que les petites filles de l'Est avortent désormais à l'Ouest.

Alzbeta et Charles décident de se réfugier sur l'île d'Ouessant (Charles Giudicelli est breton par sa mère et corse par son père). L'île d'Ouessant a la forme de la Croatie. Peu de gens le savent car les gens ne sont pas nombreux à avoir consulté les deux cartes. L'île bretonne et le petit pays d'Europe centrale dont la famille de Bob est originaire (Horvat signifie croate en croate) ont deux excroissances qui ont l'air d'être des jambes s'écartant pour laisser passer on ne sait quoi. Le vent ou autre chose. À Ouessant, l'automne doux est peuplé d'oiseaux. L'île est longue de 7 km et large de 4 km : impossible de se perdre. Plate comme un plateau de fruits de mer. Alzbeta et Charles louent une chambre chez l'habitant ou plutôt l'habitante, une Bretonne venue se retirer sur l'île après le suicide de son mari avec qui les deux amants l'entendent parfois, au milieu de la nuit, converser. Les Ouessantins croient aux fantômes et moi aussi. N'y a-t-il pas qu'eux et nous ? L'aéroport d'Ouessant est indiqué sur la carte de l'île figurant dans mon guide Michelin vert de 1965 mais le premier avion civil s'est posé dans l'île en 1945. L'aéroport – on disait alors l'aérodrome – sera opérationnel dès 1954. Il permet d'échapper au mal de mer mais le mal de terre est presque aussi fort, surtout en hiver. Au bout de leur passion, Charles et Alzbeta décident de se suicider – mais sont retenus dans leur geste par le fantôme du mari de la Brestoise. Ne voulant plus mourir ensemble, ils se rendent compte qu'ils ne peuvent pas vivre à deux, car la vie à deux c'est mourir ensemble. Selon l'auteure, dans un des passages les moins réussis du roman. Quand elle pousse la porte de son bel appartement parisien, Alzbeta s'attend à être chassée par un Dupeyron humilié et furieux. Il était en train de regarder du foot sur Canal+. La Slovaque le trouve debout et les bras en l'air : l'Italien Verratti a marqué un but pour le PSG. Jean-Jacques serre Alzbeta contre lui, murmure à son oreille : « Deux bonheurs en même temps. » Il lui demande si elle a faim. Elle se rend compte qu'elle n'a presque rien avalé depuis son départ du domicile conjugal. Nourrie de caresses et de baisers. L'adultère, comme la cocaïne, coupe l'appétit. Gwendoline soupçonne – ainsi qu'elle me l'a souvent confié lors d'une de nos rencontres informelles au Nemours de la place du Palais-Royal ou au premier étage du Flore – Guillaume et Éric d'avoir torpillé la sortie d'un livre où la Slovaque raconte comment elle a trompé et voulu quitter un mari dont elle était enceinte.

Que s'est-il passé lors de cette fugue de quelques

jours où, au lieu d'aller à Ouessant avec un jeune amant qu'elle n'avait pas encore, Gwendoline se réfugia dans le XVIe sud de Paris, angle rue La Fontaine-villa Patrice-Boudard ? Patrice Boudard a sa villa mais n'est pas sur Internet, du coup on ne sait pas qui il est. Elle se trouvait chez un peintre, un de ses nombreux vieux admirateurs dans la petite communauté slovaque parisienne. Elle expliqua, en larmes, qu'elle attendait un enfant de l'homme qu'elle aimait mais ne savait plus si elle avait envie de cet enfant et de cet homme. Son bonheur était comme un poids mort sur son dos. Ou son ventre. Elle avait l'impression d'entrer en prison alors que c'était le contraire : elle en sortait. Finie l'incertitude sur sa carrière et sur son existence. Elle avait trouvé un éditeur et une assurance vie : un enfant de lui. Elle n'avait plus qu'à se laisser glisser mais trouvait qu'elle glissait trop vite. Elle ne contrôlait plus rien dans son existence, elle qui avait jusqu'ici tout pensé, dirigé, organisé. Elle se sentait dépossédée du choix entre être heureuse et malheureuse, était par conséquent condamnée au bonheur. À mesure que le niveau baissait dans la bouteille de Becherovka – alcool national slovaque à base de fruits – que le peintre avait ouverte un peu pour elle et beaucoup pour lui, il apparaissait à Gwendoline qu'elle était la victime d'Éric Lorrain alors que pour tout le monde, le petit monde littéraire parisien qui est le nôtre, c'était le contraire. Elle en avait assez de ces bourgeois français hypocrites : elle ne ferait pas naître son enfant au milieu d'eux, elle accoucherait ailleurs. « À Bratislava ? » glissa, avec ironie, le peintre. N'importe où sauf dans cette jungle policée qu'elle ne supportait plus. Elle finit par s'endormir sur le canapé. Quand elle se réveilla, elle avait une douzaine de messages écrits ou parlés et autant d'appels manqués d'Éric. Un joli crépuscule de mai glissait sur les toits de l'arrondissement le plus riche de Paris. Le peintre avait préparé une chambre pour Gwendoline mais elle dit qu'elle préférait habiter chez une femme où elle trouverait les mêmes fringues et produits de beauté qu'elle avait chez elle et qu'elle n'avait pas eu le temps d'emporter. L'amie était tchèque : quand elles sortaient ensemble, elles reconstituaient la Tchécoslovaquie disparue le 1e janvier 1993, deux ans après la naissance de Gwendoline (7 février 1991). Elles formaient un couple féminin parfait : la Noire brune et la Blanche blonde, toutes deux longues et minces. Elles s'enivraient de leur mutuelle beauté. La scène d'amour à trois – Gwendoline, la Tchèque et un *toyboy* irlandais de 18 ans chopé au Montana – s'est passée dans la vie mais ne figure pas dans le roman, où elle n'avait du reste pas sa place. À la fois plus âgée que Patrick, l'Irlandais, et enceinte, Gwendoline comprit qu'elle reviendrait à son mari français avec un petit goût d'infamie dans sa bouche qui avait accueilli le clitoris de Milena, standardiste à Sud Radio, et le pénis du *toyboy*. Elle téléphona dès le lendemain à Éric qui l'invita aussitôt à déjeuner dans un restaurant étoilé où il n'emmenait que les auteurs dépassant les 100 000 exemplaires (après retours). Il dit à la Slovaque – abasourdie, honteuse, épouvantée – qu'il comprenait son besoin de liberté et qu'aussi bizarre que cela parût à la jeune femme il était prêt à divorcer si elle en avait le désir et la volonté. Quoi qu'elle eût fait pendant son absence de la rue Coëtlogon, il était certain que l'enfant qu'elle portait était de lui. Le reste n'avait aucune importance. Gwendoline sanglotait. Ils sont rares, les sanglots, dans un restaurant étoilé. « Les gens vont croire que je te quitte alors que tu m'as juste trompé », dit Éric. Elle dit d'une voix chevrotante d'adolescente punie : « Pas beaucoup. » Il dit qu'il ne voulait pas de détails. Elle rentra au domicile conjugal le 5 juillet 2017, qu'elle quitta presque aussitôt avec Éric : ils s'envolèrent pour Tuvalu, territoire de 26 km^2 composé de neuf atolls coralliens et de cent une îles qui culminent à quatre mètres au-dessus du niveau de la mer. Gwendoline avait choisi les Tuvalu car, si le réchauffement de la planète n'est pas stoppé par une politique écologique mondiale, elles seront les premiers territoires à disparaître sous les eaux – bien avant Amsterdam et Paris. Il y a une association d'amitié franco-tuvaluane et Gwendoline se promettait, à leur retour en France, d'y adhérer. Le drapeau anglais figure sur le drapeau de cette ancienne colonie britannique de 11 000 habitants. L'aéroport occupe la plus grande partie de l'île principale : c'est le seul moyen de quitter les Tuvalu. L'avion apporte tout ce dont les Tuvaluans ont besoin, c'est-à-dire tout.

Un matin sur deux, Éric allait à la pêche avec des locaux mais Gwendoline écrivait chaque jour. L'entourage d'Éric, dont moi, s'étonnait qu'il eût emmené son épouse enceinte à l'autre bout du monde, ce qui agaça l'éditeur. « Les femmes de Tuvalu ne rentrent pas en France pour accoucher. » Gwendoline me dit par la suite que ce qu'elle avait vu de plus beau sur la terre, c'étaient les plages de Tuvalu. Le bleu de la mer Égée perdit à ses yeux son prestige. La vie sans Éric était un enfer, avec lui c'était le paradis. Il communiquait par Zoom avec son personnel. Comment s'annonçait la rentrée littéraire 2017 ? Mal. « Je n'ai rien de bien. – Tu disais ça l'année dernière, ça ne t'a pas empêché d'avoir le Femina. – Le Médicis. – Tu crois que tu pourras m'obtenir un prix pour mon prochain roman ? – Je suis la dernière personne à pouvoir le faire. Je te rappelle que ce n'est pas moi qui te publie, mais Guillaume. – Il est bon, Guillaume, pour les prix ? – Non : nul. – Pourquoi lui as-tu donné mon manuscrit ? – C'est mon ami, je pouvais mieux contrôler les choses que si tu étais allée chez Gallimard ou au Seuil. – N'empêche, je n'ai pas eu de prix. – Pour un premier roman, c'est rare d'avoir un prix. – Pérec et Le Clézio, alors ? – C'est ce que je dis : rare. »

18.

J'avale des jours au goût de carton. Mon erreur est de mettre mon état déplorable sur le dos de Zoé et de notre rupture. Et s'il n'était que la manifestation tardive de la mélancolie liée à mon âge ? Ce qu'on appelait au XIXe siècle, le moment du grand rayonnement montmartrois, le *spleen*. Je ne supporte pas d'être seul mais ne voudrais être avec personne. Le retour de Zoé chasserait-il le malaise qu'elle a provoqué en mars dernier mais dont les causes seraient plus profondes ? J'avais oublié de vieillir, maintenant c'est fait. Et ça m'agace. M'ennuie. Me chagrine. M'exaspère. Il y a plusieurs façons d'être vieux et aucune n'est la bonne. Je me souviens d'une époque, dans ma vie de non-vieux, où chaque journée avait un sens, une couleur. J'hésitais entre le bus et le taxi : un vrai bus, un taxi réel. Les visages, dans les rues, n'étaient pas morts. J'avais plusieurs objectifs dans la journée et, le soir, rentrais sans angoisse chez Laetitia, boulevard Arago. Ou chez moi, rue de Belgrade. Le ciel avait une couleur, ce n'était pas ce couvercle qui me cogne sur la tête quand je rentre aux Trois-Frères. Il me semblait avoir le choix entre plusieurs solutions alors que je n'en ai plus aucune, sinon mettre un pas fragile devant l'autre hésitant. Les jours ont une perfection vide. Tout est à mon goût, rien ne me plaît. J'ai l'impression de n'avoir vécu qu'une seule journée depuis le départ de Zoé : celle qui l'a suivie. D'avoir mangé une seule pomme. Bu un seul café. Vu un seul film. Eu un seul déjeuner avec un seul de mes amis. La terre ne tourne plus, me présentant chaque matin le même matin.

Aujourd'hui, j'ai la garde de Sabine. Je suis allé la chercher chez sa grand-mère de mon âge. Nous n'avons pas parlé de ma situation avec sa fille. À l'interphone, elle m'a proposé de monter chez elle. J'ai préféré qu'on se voie sur le trottoir. N'avais pas la force de retrouver le lieu où Zoé et moi venions parfois, en l'absence des Teurlay, pour regarder un match de football sur Canal+, après quoi nous faisions l'amour dans leur lit conjugal. Le visage de Mme Teurlay n'exprime rien, ultime délicatesse. L'air embarrassé de Sabine. Comprend-elle la situation ? Pour la première fois depuis notre rencontre rue de l'Armée-d'Orient, j'ai l'impression qu'entre nous passe un peu d'affection. Le nombre de fois où je suis allé la chercher à Saint-Jean-de-Montmartre. Tout le long du trajet, elle marchait à une dizaine de mètres derrière moi, sauf si je lui prenais la main, ce qui n'arrivait pas souvent. Aurais-je dû le faire tous les jours ? Mon respect – de ses sentiments, de sa liberté, de sa vie intérieure – n'était-il pas une façon de lui manifester ma froideur ? Que Sabine a peut-être ressentie. Quelle journée allons-nous passer aujourd'hui, sans école et sans Zoé ? La guerre est finie, elle l'a gagnée. Elle semble encombrée de sa victoire comme d'un cadeau trop cher. Elle me regarde avec un mélange d'affection et de pitié. Avait-elle fini par trouver du plaisir à notre lutte permanente ? Elle n'a plus d'adversaire, n'en revient pas de son succès. Elle a tout récupéré sauf mon fief : la rue des Trois-Frères.

Le plus court, de la rue Lamarck, pour rejoindre la place Pigalle ? Les Russes, en 1814, sont entrés dans Paris par Montmartre. Beaucoup ont dû se perdre. On sait que le mot bistrot a été inventé place du Tertre par des officiers russes impatients qu'on leur serve à boire. Les débits de boissons devenus, du coup, bistrots. J'ai pris la main de Sabine et ne la lâcherai pas avant Pigalle. On déjeune au Bouillon avec des copains écrivains. Il y a un Toulousain à Paris pour un jour et un Amiénois qui repart demain, ainsi qu'un habitant du VIIe qui se sent ici à l'étranger. Comment ce coin de Paris, où je ne m'étais rendu que deux fois en trente ans – une lecture de Chloé Delaume à la librairie de Marie-Rose Guarniéri et une bière bue avec une journaliste togolaise, l'ancienne dealeuse du show-biz, au Petit Montmartre, sur la place des Abbesses –, est devenu le centre géographique de ma vie. Qui me semble de plus en plus lointaine, désincarnée. Un roman de gare en vers blancs. On rejoint les trois écrivains dans la queue. Sabine ne dit rien et bouge à peine, comme à chaque fois qu'elle se trouve au milieu d'inconnus. Sa mère est pareille. Sauf que la petite ne pose aucune question. Elle ne veut pas savoir où et quand les écrivains avec qui elle déjeune ont choisi de devenir écrivains. Je commande pour elle des frites et du saucisson. Elle les mangera en silence, avec une lenteur pas de son âge. On ne se parle pas mais elle se penche souvent vers moi. Première journée qu'on passe ensemble depuis son départ de la rue des Trois-Frères. Les écrivains racontent des histoires d'écrivain. Pendant le repas, Sabine me demandera une seule chose : l'accompagner aux cabinets. Ils sont au sous-sol du Bouillon Pigalle. Est-ce que je la conduis chez les femmes où il y a un risque de trouver une femme ou chez les hommes où il y a un risque qu'il y ait des hommes ? J'emmène Sabine chez les hommes, c'est ce qui se rapproche le plus d'une fille. Au contraire d'une cliente du resto surprise la culotte aux pieds, ils ne porteront pas plainte. Je dis à Sabine de ne pas fermer la porte à clef : ma hantise qu'elle ne puisse pas la rouvrir. Je me transforme en gardien de WC : bras croisés sur ma poitrine amaigrie, regard à la fois lourd et absent, mâchoires serrées. Toute personne voulant porter atteinte à la pudeur de ma petite belle-fille aura affaire à moi. Au bout de longues minutes, peut-être me paraissent-elles longues parce que je crains l'arrivée d'un homme pressé de sortir sa queue pour pisser sous le regard stupéfait de Sabine, celle-ci me dit qu'elle a fini. Je jette un œil : deux gros étrons marron clair. Message subliminal de son rectum : la fille de Zoé se fait-elle chier avec moi et mes amis écrivains, comme sa mère ? Je l'aide à se torcher, bien que je la soupçonne de savoir le faire depuis un certain temps déjà. Peut-être même a-t-elle commencé à être autonome de ce point de vue alors qu'elle habitait encore aux Trois-Frères.

Le général Teurlay doit passer prendre Sabine chez moi à trois heures, il est deux heures et quart. Sabine et moi n'avons pas encore fait notre partie d'échecs, rituel ancien auquel, selon Zoé et sa mère, elle est attachée. Nous laissons nos amis écrivains en compagnie de fillettes encore à moitié pleines de vin rouge du Luberon et remontons la rue Houdon. Un sculpteur, comme Pigalle. J'ai repris la main de la petite fille. Arrivés à la maison, nous ouvrons le jeu – mon vieux jeu turc acheté à Istanbul en 1983 pendant ma semaine d'exploration de la ville pour ce roman sur ma mère qui serait de mon vivant un de mes quatre ou cinq best-sellers – et disposons les pièces à toute vitesse. Nous ferons deux blitz, je gagnerai le premier et Sabine le second. Sa gourmandise rageuse, quand elle mange une pièce majeure. Je me dis que notre guerre n'est peut-être pas finie, bien que je lui aie rendu sa mère. Resterai toujours pour elle l'homme sombre, l'homme en bleu foncé, qui lui a, au printemps 2016, pris Zoé. Elle file dans son ancienne chambre. Elle a déjà de quoi être nostalgique. Elle ne me pose aucune question sur les jouets disparus mais me demande où se trouve son ancien lit, celui qu'elle avait déjà rue de Douai où elle habitait avec son père et sa mère. Avant tous les changements imprévus que sa mère lui a imposés depuis. « Je l'ai donné. – À qui ? – À des gens qui en avaient besoin, ce qui n'est pas notre cas : je ne suis pas un enfant et tu ne vis plus ici. » Ses lèvres tremblent, signe du chagrin chez les moins de 7 ans. Je lui dis que je l'aime alors qu'elle vient de se rendre compte du contraire. Qu'aurai-je été pour elle ? Comment se souviendra-t-elle de moi quand elle aura 20, 30, 40, 50 ans ? Le général sonne à l'interphone. Je descends avec Sabine, bien qu'elle connaisse le chemin de la sortie. Le chemin de la sortie de ma vie.

19.

La passion de Zoé pour le Kazakhstan. Elle y avait fait un voyage scolaire pendant son adolescence. Le pays venait d'accéder à l'indépendance, c'est-à-dire à la dictature. Depuis, le Kazakhstan n'a plus quitté l'esprit, le cœur, voire le sexe de mon épouse. On verra pourquoi le sexe. Le pays des villes aux sept a (*A*st*a*n*a*, *A*lm*a*-*A*t*a*). Auxquels il faut ajouter les quatre a de K*a*r*a*bang*a* (ancien goulag) et les trois a de K*a*ch*a*g*a*n (gisement pétrolier), ce qui fait en tout quatorze a dont sept ont disparu mais pas dans la tête des Kazakhs, qu'ils le soient d'origine comme le nouvel amour de Zoé ou d'adoption comme elle. Mahomet : l'homme qui colonisa la moitié du monde *après sa mort*. Exploit à saluer, même par les islamophobes. L'islam est aussi entré au Kazakhstan – la langue où, comme le polonais, un mot peut avoir quatre ou cinq consonnes qui se suivent. Le nomadisme des Kazakhs : celui de Zoé en amour. Soucieuse de son espace vital, elle se sentait mieux dans un pays grand comme cinq fois la France.

Elle aime Astana, aujourd'hui Nour-Soultan : la ville pas finie. Qui porte désormais le prénom de l'ancien président Nazarbaïev. Comme si on avait rebaptisé Paris Nicolas, pendant le règne de Sarkozy ou tout de suite après. Zoé sensible aussi au charme d'Almaty, l'ancienne Alma-Ata. Où Trotsky a commencé, en 1928, sa longue marche vers son martyre mexicain. La première chose que fit Zoé après notre rupture fut de prendre un avion d'Air Astana pour Nour-Soultan. Attendue, à l'aéroport, par une délégation d'écrivains et de journalistes kazakhs avec lesquels elle était en contact depuis plusieurs années, étant l'une des rares éditrices européennes à s'intéresser au livre kazakh. L'aéroport de Nour-Soultan : un petit Sacré-Cœur à la coupole peinte en vert. J'imagine Zoé baignant dans le bonheur, encerclée et je dirais même recouverte par tous ces gros intellectuels à lunettes, bardés de diplômes, de prix et de décorations. A-t-elle déjà choisi celui qui me succèdera dans sa rêverie de la vie ? L'instrument de mon malheur est-il déjà en chemin ? Je revois Zoé, dans ses habits noirs, cherchant en vain, à la FNAC ou aux Gibert de Saint-Michel ou de Barbès, des CD de musique kazakh.

Astana la ville sans arbre et donc sans ombre. La mer Caspienne, la mer casse-pieds : tous ces puits de pétrole comme sur le lac Kivu, au Rwanda. Nazarbaïev réélu pendant trente ans avec 95 % des voix. N'a pas eu la délicatesse subsaharienne de Nguesso. Ça dérangeait peu Zoé, qui se vantait en outre de ses contacts avec une opposition squelettique au tyran. « Tu comprends, Lucien : c'est un autre monde. » Elle adore la poésie du peuple kazakh. Ses chevaux, sa steppe. Son horizon. Le vent puissant qui balaye les souvenirs. Me balaye. Cette région des lacs froids. J'aurais dû me douter que quelque chose clochait dans notre couple quand, sur son ordinateur, Zoé regardait en boucle *Ulzhan* de Schlöndorff. Elle ne l'avait pas vu à sa sortie en salles alors que moi, si. Me demandait, en se couchant : « Tu crois que Simon va récupérer son cheval et retrouver Ulzhan dans son école ? » Je déteste les fins ouvertes, ça doit être pour ça que j'en vis une : Zoé et moi allons-nous divorcer ? Et si oui : mourrai-je tout de suite après ?

À chaque fois qu'elle mangeait une pomme ou en faisait manger une à Sabine, Zoé pensait au Kazakhstan, dont on dit que les pommes sont originaires. Les Kazakhs naissent bilingues : leur langue et le russe leur sont enseignés dès le berceau. L'autre rêve de mon épouse : prendre le Transcaucasien. 2,230 km. Sous les tsars, Alma-Alta s'appelait Verniy (en kazakh : la fidèle). Avant la révolution de 1917, une fillette pouvait être mariée à l'âge de 9 ans. Raconter, dans une nouvelle, sa nuit de noces. Avant de me lancer dans le récit de mes malheurs conjugaux, j'écrivais un roman sur le mal. Il se serait appelé *L'Homme qui était la mort* ou *L'Homme qui portait malheur*. La source de mon inspiration était mes neuf amis malades (cancer, Parkinson, diabète, glaucomes, etc.).

Peut-être que j'arrive à un âge où tous les gens de mon âge tombent malades, mais alors pourquoi pas moi ? Est-ce en constatant cette anomalie que Zoé a décidé de me quitter, espérant que j'en serais enfin malade ? Le nombre qui fait rêver mon épouse : en URSS, un livre pourrait être traduit dans 58 langues sans qu'on ait besoin de vendre les droits à un éditeur étranger, les 58 se trouvant à l'intérieur du pays.

Les rues d'Astana sont droites comme celles de New York que la capitale cherche à imiter avec ses tours de 180 (Northern Lights 1), 162 (Esentai Tower), 155 (ministère des Transports et de la Communication) et 152 mètres (Northern Lights 2) – mais l'océan manque. Le vent tente de le remplacer. La steppe est une mer sur laquelle on flotte à cheval ou en SUV. Ce pays vide plein de buildings où il n'y a personne. Zoé ne restait que quelques jours à Nour-Soultan, le temps de signer les documents nécessaires à un de ses projets : la création d'une maison d'édition franco-kazakh. Un rendez-vous dont elle se serait volontiers passée : la rencontre, à l'Alliance française (25 Zhumabek Tashenov), avec les divers employés de l'ambassade et du consulat. Zoé avait pris une chambre à 10 000 tengue (25 euros) dans un petit hôtel du centre-ville, ce qui déçut ses relations kazakhs, habituées aux hommes occidentaux de la banque ou du pétrole qui n'hésitaient pas à s'installer dans une suite à l'hôtel President pour 45 000 tengue (125 euros).

Le vrai voyage commençait pour elle à Almaty. Où elle retrouva, en avril de l'année dernière, celui qui deviendrait le nouvel homme de sa vie. Almaty, grande métropole du Sud où le climat est moins hostile aux relations amoureuses. Comme presque toutes les cités d'Asie centrale, ce fut d'abord une ville de garnison russe. Le poète d'Almaty, universitaire champion de badminton (sélectionné pour les jeux de Tokyo en 2020), attendait Zoé à sa descente du Talgo, le train qui relie la nouvelle capitale kazakh à l'ancienne. Il voulut prendre sa valise, elle insista pour la garder. C'est son truc, porter les choses. Quelques semaines après le début de notre liaison, je pesais un de ses gros sacs qu'elle avait toujours en bandoulière : au moins dix kilos. « Tu portes un pack d'Évian, Zoé. – Je préfère la Volvic. » Comme si elle avait besoin d'un poids pour la retenir au sol, sinon elle s'envolerait. D'une ancre dans l'océan de sa folie. Le Kazakh était venu avec un bouquet de lys, la fleur nationale du pays. Sans doute étaient-ils tous deux aussi émus que Zoé et moi l'étions le 24 mars 2016, lors de notre premier déjeuner.

Almaty, la ville de notre malheur et de ma honte. Mon épouse aux pieds légers d'Achille exterminateur de Troyens. J'aurai fait semblant de te tromper, semblant de t'être fidèle. Notre comédie-balai où c'est moi qui faisais le ménage. Tu m'as quitté pour un pays grand comme l'Europe, aux dix-huit millions d'habitants qui ne se touchent pas car ils sont trop loin les uns des autres. Sauf Madina Suleimenova, la chanteuse du groupe VIA Gra, et son petit ami dont elle change souvent. Le 9 juin 2019, Kassym-Jomart Tokaïev a remplacé Nour-Soultan Nazarbaïev à la présidence du Kazakhstan. L'Ouzbékistan est plus intéressant mais moins grand : après le pays de Tokaïev, on s'y sent à l'étroit. Parmi les Kazakhs célèbres, le médecin-écrivain Avicenne (456 études en langue kazakh, 23 en farsi). Né en 980. Son nom arabe : Abū Alī al-Ḥusayn ibn Sīnā. La voix de Zoé, après plusieurs semaines de silence : « Je t'appelle du métro d'Almaty. » Le drame du vieux : ne pas être invité. À une soirée comme à un amour. Elle s'ouvrait à un monde nouveau, je demeurais dans l'ancien. Pour se lier, elle qui m'avait quitté afin d'être libre, avec un poète dont le projet politique était de créer un parti écologiste kazakh. Avec qui elle faisait la fête dans les deux boîtes branchées d'Almaty : le Chukotka et le Siniy Fantomas. Poète, écologiste et fêtard : la formule magique pour emballer une jeune romancière devenue vieille éditrice. Et en plus on dira que c'est de ma faute. Où en suis-je de ma vie amoureuse ? Mon choix impossible entre être engueulé par une jeune et être emmerdé par une vieille.

Où Zoé et le Kazakh ont-ils fait l'amour pour la première fois ? Difficile de ne pas se faire remarquer dans le cinq étoiles d'un État policier. Chez le poète, c'était impossible : habitait chez ses parents. « Il est plus jeune que moi ? – Il a mon âge. – 40 ans, encore chez ses vieux ? – 39. – Ce n'est plus jeune. – Lucien je t'en prie. » Les femmes qui nous quittent nous en prient. Dans un cinq étoiles, ils seraient repérés. Mais dans un une étoile aussi. Ils optèrent pour le Rendez-vous, un hôtel au nom prédestiné. Vieil immeuble soviétique rempli de sexes anticommunistes.

Les Trotsky arrivent à Alma-Alta un matin de l'hiver 1927. Natalia Sedova, dans les mémoires de son mari, se plaint de la ville. « Pas de service des eaux, ni de lumière, ni de chaussée. » Nombreux cas de peste et de malaria, l'ancien nom pour paludisme. Mme Trotsky néanmoins contente de leur logement et de leur jardin. Personne ne parle aux Trotsky, par crainte d'une déportation. Léon écrit et lit comme d'habitude. Le couple vivra une année à Alma-Ata, où il ne reste aucune trace d'eux. Nulle statue, aucune rue. Ni école. Pas une aire de jeux pour enfants. Trotsky est pourtant l'un des plus grands écrivains russes du XXe siècle. Son récit de la révolution bolchevik vaut bien Homère. Il ne raconte pas la fin de l'histoire, mais on la connaît.

20.

Paris au mois d'août facilite l'amitié : il y a peu de monde, alors on se lie avec les gens qui restent. La librairie de la rue Yvonne-Le-Tac a fermé en juillet mais a rouvert en août où commence la fête funèbre qui, à la fin de l'été, fera tant de mal à Maria, Natacha et Gwendoline, trois candidates aux prix de fin d'année qui repartiront bredouilles, ainsi que leurs éditeurs : Éric et Guillaume. L'échec, c'est la distance. Nos amis s'éloignent, miroirs embarrassés de notre déroute. Tant qu'on marche seul dans les rues, notre défaite se dissout dans l'air qu'on respire. On découvre le bonheur étrange d'exister. Il suffit d'un visage connu et donc ami, et donc ennemi, pour nous rappeler que nous ne sommes plus sur terre mais à terre. Je reviendrai sur la rentrée littéraire de septembre 2019, qui frappa chacun de nous sauf peut-être moi : j'étais déjà blessé et ma blessure avait eu le temps de s'infecter.

Croisant Natacha devant la librairie des Abbesses, je lui demandai ce qu'elle faisait dans ce quartier qui n'était pas le sien. Elle dit que, de Courcelles, elle avait un bus direct pour Pigalle : le 30. Il lui suffisait ensuite de remonter la rue Houdon pour se retrouver en haut de la rue des Martyrs où vivait son nouveau mec. Qui était-ce ? Elle refusa de me le dire, d'où je conclus à juste titre qu'il n'existait pas. « Quand une fille a un bel appartement, elle n'a plus besoin d'un homme, mais elle souffre de la solitude », disait Bob. Je lui demandais pourquoi il en avait acheté un à Natacha. « L'amour, Lucien, consiste à faire connerie sur connerie. » Huit mois étaient passés depuis le suicide du chanteur. Natacha n'exprimait pas de tristesse, mais il y avait quelque chose de changé dans son visage obscur et sa silhouette rêveuse. Une lourdeur immatérielle semblait avoir élu domicile dans sa longue personne. « Si tu ne trouves pas ton livre ici, c'est normal : il ne sort que le 14 août et nous sommes le 7. – Je sais. Je venais juste acheter un bouquin. – Si loin de chez toi ? » Elle sourit, un court sourire craintif que j'avais vu sur elle pour la première et dernière fois à Saint-Germain-des-Prés, pendant la messe pour Bob. Elle pensait, me confia-t-elle par la suite dans l'un de ces longs développements qui accompagnent le début d'une amitié, que je la jugeais responsable de la mort de Bob et me considérait par conséquent comme un ennemi. La douceur avec laquelle je m'adressai à elle ce jour-là la bouleversa, n'ayant attendu de moi que des remarques aigres sur les avantages financiers de son divorce. Elle n'espérait plus rien des médias français et si son quatrième roman – *Les Âges*, publié par Guillaume – était un échec comme les deux précédents, elle cesserait d'écrire. Je dis que les gens ne cessent jamais d'écrire : ils arrêtent de publier parce que les éditeurs refusent leurs manuscrits. Elle me demanda ce que j'étais venu chercher dans une librairie, moi qui recevais la plupart des nouveautés par la poste ou par coursier. Je dis : « Toi. » Cette histoire de nouveau mec me tracassait. Si elle était fausse, pourquoi Natacha se trouvait-elle à Montmartre ? Elle mit plusieurs semaines à m'avouer qu'elle avait eu, pendant son mariage, une liaison avec un musicien qui logeait en haut de la rue des Martyrs et qui s'était tué en tombant du quatrième étage, la rambarde de la fenêtre ayant cédé au moment où Natacha lui disait au revoir de la cour. Elle n'avait alors pu confier son chagrin à aucun de nous ni même rester sur les lieux de l'accident par crainte des paparazzi. Elle venait ici en pèlerinage tous les mois environ.

Le problème des Abbesses : les cafés. Il y en a trop. On ne sait jamais dans lequel boire un verre. Cette rue où j'ai si souvent marché en compagnie de Zoé, avec ou sans Sabine. Maintenant je la parcours seul, évitant les commerçants – le fromager, le primeur, le boucher – qui nous voyaient ensemble. Ils nous souriaient, surtout à elle. Ils ne me sourient plus, car je ne leur achète pas grand-chose : des œufs, quelques noix, deux ou trois pommes, quelques tranches d'andouillette. Nous nous installons, Natacha et moi, à la terrasse du Vrai Paris. C'est là où il y a le plus de monde et nous aimons le monde car nous sommes seuls. « Tu sais pourquoi on ne couchera jamais ensemble, Lucien ? – Mon âge ? – Non : Bob avait le même. Tu me plais mais je ne veux pas que tu meures. – Je ne suis ni chanteur ni musicien. – Moi, je suis maudite. Je n'approcherai plus aucun homme, de peur que, comme mes deux précédents amants, il ne meure. – Le cuisinier anglais n'est pas mort. – Il travaillait en Angleterre mais il était français, originaire du Sud-Ouest. J'avais horreur de son accent. J'avais l'impression, à chaque fois qu'il ouvrait la bouche, de regarder un match de rugby ». Elle commande un verre de blanc, moi une orange pressée sans glace. « Tu ne bois plus ? s'inquiète Natacha. – Ta beauté me soûle. – N'essaie pas de me draguer, ma décision est prise : pas d'homme avant longtemps et peut-être plus jamais. – Une femme ? – Je suis homophobe, comme tous les Slaves. – Mais pas femmophobe ? – Tu joues sur les mots et j'aime ça. C'est un homme comme toi qu'il m'aurait fallu, maintenant c'est trop tard. »

Paris au mois d'août sans romance. L'amitié est un sujet de conversation, pas de roman. Surtout celle entre un homme âgé et une jeune femme. Une fois qu'elle a décidé qu'il n'y aurait pas d'amour entre nous, Natacha m'ouvre son cœur. Elle se déchaîne au sens propre : ôte ses chaînes. Quand j'annule un de nos rendez-vous pour cause de fatigue ou d'écriture, elle proteste. Si j'abrège notre conversation pour voir un match de foot, elle geint. Me traite de vieillard. Sera-t-elle plus exigeante en amitié qu'en amour ? N'a aucune pudeur : aux Trois-Frères, laisse ouverte la porte des WC quand elle pisse. Lorsque je lui reproche les tenues les plus déshabillées avec lesquelles elle monte dans le funiculaire sous les yeux incrédules des touristes japonais ou sud-américains, elle me rappelle que je ne suis pas son mec, puisqu'elle n'en a pas. « Tu préférais les tenues de deuil de ton ex ? – Nous ne sommes pas encore divorcés. » L'été 2019 de l'amitié entre une double veuve et un écrivain quitté. Parfois, Natacha m'invite à Courcelles. J'apporte du champagne et me fais disputer : « Le frigo en est déjà plein. » Elle se fait livrer du japonais. Elle a peur pour son livre. Pour elle. La planète. La planète sushis ? La seule personne pour laquelle elle n'a pas peur, c'est moi. Puisqu'elle me protège. En me refusant son corps. Un mal de tête persistant ? Cargaison de Doliprane 1000. Ma vieille goutte ? Aussitôt la Russe achète sans ordonnance des anti-inflammatoires qu'on ne peut pas acheter sans ordonnance. Ma mère poule de 28 ans. Soupire : « Bientôt 30. » Sa débrouillardise sociale la vieillit sans toutefois avoir jusqu'à mon âge. Mais ses soirées préférées restent celles où, avec vodka et cigarettes, elle peut à l'infini revenir sur son enfance, son adolescence, ses lectures et ses ex. Dans ma bibliothèque, il y a tous les livres qu'elle a lus et, dans la sienne, tous ceux que j'ai lus. Elle est le contraire de Zoé qu'elle ne remplacera pas. Comment mon épouse séparée voit-elle ma nouvelle relation avec la veuve de Bob ? « Drôle de manière d'honorer la mémoire de ton meilleur ami. »

21.

Océan de souvenirs avec homme amer à la mer. Par où commencer et finir ? Cette vie qui fut la mienne, l'éponge du temps l'efface sur le tableau noir de mon passé. Le salon de coiffure de Romainville où on ne vous shampouinait pas la tête. On ne prenait pas rendez-vous et il fallait attendre plusieurs heures avant de s'installer sur la chaise du coiffeur. Les cheveux qui grattaient dans le cou sur le chemin du retour. Sabine – en 2016, 2017, 2018 et la moitié de 2019 – chez Alvarez rue Lepic. Elle grimaçait sous les doigts délicats de la coiffeuse, comme si on lui arrachait les cheveux. Avant notre rencontre, Zoé n'emmenait jamais sa fille dans un salon de coiffure, à peine la brossait-elle. À force de voir ma belle-fille la plus mal coiffée de la maternelle Saint-Jean-de-Montmartre, ai pris la décision de l'initier au shampooing qu'elle déteste et à la coupe qu'elle regarde du coin de l'œil dans le miroir, une moue malheureuse à la bouche. Je la croise avec sa mère rue des Abbesses, devant le primeur tunisien qui a compris notre situation à force de nous voir pas ensemble tous les jours : les cheveux de Sabine ont repris leur désordre et leur sauvagerie qui étaient les siens avant. Avant moi.

Toutes ces vieilles anciennes jeunes. Le nombre d'épaules nues embrassées au réveil depuis ma première petite amie voyageuse de Grèce, de Turquie, de Yougoslavie ou d'Italie. Un vieux est seul, même entouré d'affection, ce qui n'est pas mon cas. Personne ne peut le rejoindre sur le quai où il attend la mort, TER qui ne vient pas vite. Ce flottement silencieux sur le temps qu'est la jeunesse. Un bateau. La mer qui semble sans fin jusqu'à ce que le port se dessine, d'une indescriptible hostilité. L'amour n'est plus mon problème, me préoccupe ma disparition qui signifiera la disparition de tout. De tous mes souvenirs. Encore ce petit garçon qui longe une rue du 93 – en 1960, on ne disait pas encore neuf trois – depuis soixante ans. Ce garage transformé en court de tennis couvert où j'ai appris à jouer avec mon demi-frère Jean-Luc. Cette jeune prof de maths brune aux cheveux courts qui me regardait avec une tendresse étrange quand je la croisais à la sortie ou à l'entrée du lycée La Liberté qui ressemble à une prison blanche. Le sosie de la top model dont la photo par Paolo Roversi est mon fond d'écran.

L'effet de la séparation : envie de toutes les filles qui sont le contraire de Zoé. Comme ma prof de maths en fond d'écran. Ce lycée où Bob et moi avions fini, dans le désordre scolaire de l'après-mai 68, par ne plus nous présenter. Le mot de l'époque pour qualifier l'absence était sécher. Raison de notre sécheresse ? Tous les sens qu'il y a dans ce mot. Le premier d'entre eux proposé par Littré : « Qui a peu ou qui n'a pas d'humidité. » J'avais commencé par lire « humanité ». Plus loin : « D'un œil sec, sans pleurer. » J'avais lu : « d'un cœur sec ». Problème de vue ? Opéré de la cataracte – les deux yeux – en 2016. Le début de mon histoire sans fin avec Zoé. On faisait l'amour en écoutant Rihanna. Hier, dans la solderie de la rue Saint-Augustin où je passe toujours quelques minutes avant d'aller voter chez Drouant : *Only Girl (In the World)*. Ces nuits du printemps 2016 me sont soudain apparues comme un autre continent. La fiction d'une planète encore inexplorée. Avais-je été cet homme qui avait envie d'elle, avait-elle été cette femme qui avait envie de moi ? Ces deux inconnus, ces deux étrangers, ces deux extra-terrestres ont-ils disparu ? Morts ? Comme des feuilles mortes. Chez moi, je mets le CD de Rihanna pour retrouver leur trace mais, passé le premier choc affectif, n'ai eu aucune révélation. Les chansons – dont personne n'a encore noté le caractère nordique ABBA – se sont déroulées puis arrêtées : batterie à plat de la machine à musique. Signal envoyé par le tout-puissant en amour : n'insiste pas, votre vie commune est décédée de fatigue. J'écris pour la retrouver et plus j'écris, plus elle s'éloigne. Pourtant, je continue d'écrire. Chaque mot sur Zoé l'efface, chaque mot sur moi me raye.

Quelles douces et heureuses périodes, ces difficiles

années de toute ma vie. Je nage dans mes souvenirs en espérant m'y noyer mais toujours rattrapé par le cou tel un chat. Voyages désintéressés, soirées silencieuses. Ce mélange confortable de curiosité et d'incuriosité. Tout me passionne, rien ne me manque. Aussi interloqué par ma vie vide que par ma morgue pleine : amis disparus, femmes tenant debout par miracle. Conférences avortées, départs fulgurants. Je suis assis devant ma vie, cherchant à comprendre ce repas toujours partagé sauf aujourd'hui. Cette expérience de la solitude, comme si je faisais ma première escalade. Ou communion. Passé plein à craquer comme une valise, présent vide comme une armoire. Quelle est cette étrange situation dans laquelle tu m'as mis, mon ex-amour ? Chassé de ta vie et donc de la mienne, puisqu'elles étaient communes. L'ambulance à bord de laquelle nous sommes allés à Combloux, mon père, ma mère et moi, en été 1971. Il avait été opéré d'un cancer de l'estomac à 63 ans. J'étouffais de rage entre ces deux gardiens de ma prison qui se disputaient en permanence, me donnant pour toujours la haine du couple que j'ai, de 1976 à aujourd'hui, formé avec neuf femmes. Enfin libre et désorienté comme un détenu de droit commun ayant purgé une peine injuste de quarante-quatre ans.

Ce voyage à Istanbul que Jean-Luc, peu apprécié par mon père qui n'était pas le sien et qui ne l'aimait pas du fait des sarcasmes dont mon demi-frère accablait sa grosse personne déboussolée, ne fit pas : il ne quitterait pas Romainville où, au lieu de réviser pour le BEPC, il s'amusa à voler des mobylettes, ce qui l'amena à rester quarante-huit heures en garde-à-vue au commissariat de la rue Eugène-Decros aux Lilas. Ai mis du temps à distinguer le Bosphore de la Corne d'Or : j'avais 10 ans et visitais le ventre d'où ma mère était sortie le 1er novembre 1924. Tandis que Jean-Luc moisissait en ricanant dans le petit immeuble préfabriqué de la police, m'éblouissait la mer de Marmara, le troisième acteur maritime d'un film à grand spectacle : Istanbul. Maman ne nous avait, à Jean-Luc et à moi, pas appris le turc. Elle gardait sa langue pour elle, où elle se réfugiait après ses engueulades nombreuses avec mon père : elle ne parlait plus qu'en turc, pour que nous ne la comprenions pas. Mon grand-père maternel était installé entre l'Europe et l'Asie après une longue carrière de juge. Jean-Luc et moi nous nous amusions à imaginer combien d'années de prison il avait infligé au long de sa carrière. Saint-Pierre lui donnerait-il le nombre exact avant de l'expédier en enfer sous bonne garde ? Il habitait dans l'une des neuf îles dites « aux Princes ». Chaque matin, il allait se promener dans les célèbres jardins de Büyükada. Mon père aurait préféré que nous nous installions dans Istanbul même, par exemple sur la rive européenne, au Pera Palace, qui n'était pas, plaidait-il auprès de son épouse turque intraitable, si cher que ça. Maman prétendait que c'était à cause des nombreuses souris et autres rongeurs ayant élu domicile dans les recoins du palace que la direction de celui-ci avait été obligée de réduire le prix des chambres et surtout des suites, les riches étant moins habitués aux souris que les non-riches.

Istanbul : notre premier voyage, Natacha et moi, en octobre 2019. En pas amoureux. Le bonheur : voyager avec une fille qui nous plaît et dont on n'est pas amoureux. Satisfactions esthétiques et nulle nervosité. Tout ce qui arrive est un amusement, alors que c'est un emmerdement. J'avais, par étourderie, laissé mon sac de voyage dans la soute. Il fut égaré et ne me fut livré que le surlendemain, au Pera Palace où nous nous étions installés car nous avions lu sur Internet que l'établissement avait été rénové en 2008. Mais la description par ma mère de l'invasion de souris dans cet hôtel avait été si puissante – j'allais écrire poétique, mais maman n'avait comme moi aucune poésie, c'était un rouleau compresseur dont il valait mieux éviter le passage, ce que papa ne savait pas faire – que cinquante-quatre ans plus tard je n'étais pas tranquille en me couchant et en me levant au Pera Palace, craignant qu'une souris me marche sur le nez pendant mon sommeil ou me morde les doigts de pied à mon réveil. Natacha savait, au contraire de mon père et de ma mère en 1965, qu'Agatha Christie avait écrit *Le Crime de l'Orient-Express* dans la chambre 411 de l'hôtel. Le repos de la compagnie d'une lectrice : on sait les mêmes choses, alors on n'a pas besoin de les apprendre. Les jeunes Turcs que nous rencontrons ensemble – au Sahika, Babylon et autres bars branchés d'Istiklal – refusaient de croire qu'elle n'était pas ma fille, puisqu'elle n'était pas ma maîtresse. Quand je disais que c'était ma sœur, ils ricanaient de plus belle. C'est parce que j'avais oublié un mot : l'âme.

À Sultanahmet, les sandwichs de poisson achetés dans la rue meilleurs que ceux mangés à Berlin avec Zoé et Sabine sur Alexanderplatz, le 24 décembre 2017. Centième anniversaire de la révolution bolchevique. Une révolution se préparait aussi dans ma vie, contre moi. À quel moment mon épouse a-t-elle décidé de me renverser ? Quand on cesse d'aimer les gens, c'est qu'on ne les aimait pas. « Avec Bob, le problème est réglé. » Dans la conversation, Natacha revenait souvent à elle-même. Sa vie ne me dérangeait pas, elle berçait ma rêverie. S'était posée la question du lit. Il était large parce qu'il y en avait deux rassemblés sous les mêmes draps. C'étaient des lits siamois, dans lesquels on pouvait passer la nuit sans se voir ni se toucher. On ne demanda pas à changer de chambre. N'avais pas dormi avec quelqu'un depuis neuf mois : « Si je ronfle, n'hésite pas à me réveiller. – Zoé ne m'a pas dit que tu ronflais. – Vous parliez de ronflements entre vous ? – Les femmes se parlent de tout. – Même de foot ? – Oui, ton épouse est calée sur la question. – Ce n'est plus mon épouse. – Jusqu'au divorce, si. – Tu veux que je divorce de Zoé ? Mais alors elle et moi n'aurions plus aucun lien. – Quel lien avez-vous maintenant ? – Comme tu dis : c'est mon épouse. »

Nous dînions au restaurant de l'hôtel : Agatha. Petites tables carrées recouvertes d'une nappe blanche comme pour imiter des établissements bon marché alors qu'il était hors de prix. Natacha dépensait l'argent de son défunt ex-mari avec une sombre volupté, comme si elle jetait de vieux vêtements.

Les innombrables mosquées d'Üsküdar, sur la rive asiatique. Comme beaucoup de jeunes filles russes intellectuelles, Natacha est fascinée par l'islam. Je découvrais que dans ce que Natacha exprimait de ses pensées et de ses goûts, elle privilégiait le vide islamique. Le culte du moins. Chaque chose – objet, personne, distraction – qui ne lui paraissait pas indispensable, elle s'en débarrassait avec une rage muette de kamikaze oriental. Les mosquées de Sinan, celle aux faïences. Natacha voulait visiter le cimetière de Karaca Ahmet, où je la laissai : nous nous retrouverions à la gare de Haydarpasa. Le plus troublant dans une langue étrangère, ce sont les accents aux formes bizarres n'importe où dans la phrase. Natacha m'en voulut-elle de la laisser parmi les morts pour rejoindre des gens qui prenaient le train, c'est-à-dire les vivants ? Elle prétendit que non mais c'est quand même ce jour-là qu'elle m'abandonna pour un de ses lecteurs français d'origine russe – arrivés tous deux de Russie avec leurs parents quand ils étaient bébés – rencontré devant un kiosque à thé de Sekil Yolu. L'aurait-il abordée s'il n'avait pas cru qu'elle faisait un voyage d'agrément avec son père ? La tour de Léandre se dressait dans le crépuscule tel un pénis géant, symbole de la virilité turque. Nous restâmes longtemps côte à côte face au soleil. Boris et Natacha parlaient dans leur langue maternelle, ils disaient pour s'excuser que ça leur rappelait leurs mères. Du reste, ça ne me faisait pas mal. En constatant que je n'étais pas jaloux vis-à-vis de Natacha, je compris qu'elle était bel et bien devenue mon amie. On ne reproche pas à son amie de vouloir tirer un coup, même quand c'est une femme. Je laissai les deux Slaves devant la porte d'un célèbre restaurant aux quarante entrées, soixante plats chauds et vingt-cinq desserts.

Au contraire de ce que je croyais en quittant Üsküdar, d'abord à pied comme un enfant perdu, puis sur la banquette d'un taxi comme touriste paresseux, Natacha ne rentra pas à l'aube mais quelques secondes avant minuit, telle Cendrillon. Je lisais une nouvelle d'Henry James sur ma liseuse où j'ai toute l'œuvre de mon maître hagard et souriant. « Tu as bien fait de ne pas venir, c'était nul. Comment choisir entre quarante entrées ? Entre soixante plats chauds ? Vingt-cinq desserts ? En plus, Boris a essayé de m'embrasser. Ces Russes, tous les mêmes : des rêveurs. Ça t'embête si je dors nue cette nuit ? »

22.

De retour en France, encore sous le choc – le charme – de ma première nuit d'amour avec Natacha au terme de laquelle nous abrégeâmes notre séjour stambouliote et rentrâmes à Paris dans un silence complice, je fus convoqué par Éric Lorrain un samedi matin dans un café du carrefour Sèvres-Babylone. Je crus d'abord que l'éditeur voulait faire le point sur les mauvaises critiques qui avaient, en quelques semaines, compromis les chances de succès pour les romans de Gwendoline (*Sensible*), Maria (*Le Jour heureux*) et Natacha (*Les Âges*). Cette dernière, rompant le vœu de silence qu'elle semblait avoir fait depuis notre écart sexuel du Pera Palace, m'appela pour se plaindre de son éditeur. Qui la laissait tomber. Elle n'était sur aucune liste de prix. Alors que Maria figurait, avec *Le Jour heureux*, sur celle du Femina. Pas pour longtemps, pensai-je à juste titre. Qu'est-ce qui déplaisait aux gens dans *Les Âges* ? D'être un roman sur l'âge ? Elle m'accusait de l'avoir emmenée quelques jours à

Istanbul pendant la rentrée littéraire alors que ç'avait été son idée pour échapper à la tension qui règne dans notre milieu à cette époque de l'année, comme si nous étions au départ d'un grand prix automobile. « Je ne peux plus me séparer de Bob pour retrouver la faveur des intellos qui tiennent les médias : il est mort. » Chaque jour était une torture pour la Russe : elle entendait à la radio une romancière qui n'était pas elle, voyait à la télévision une écrivaine qui n'était pas elle non plus, lisait dans les journaux des articles sur des romans qui n'étaient pas le sien. Elle écrivait pour exister et la seule chose qu'elle retirait de l'opération était le sentiment qu'elle n'existait pas.

Éric m'attendait au fond du café devant un demi de bière. Je pris la même chose, bien qu'il fût neuf heures du matin. Nos voisins – ados fêtards trop tôt réveillés, retraités devant un journal déplié, copines copulant avec leur téléphone – étaient tous au thé ou au café crème et nous jetaient des coups d'œil apeurés, comme si nous préparions un attentat islamiste en faisant mine d'être des alcoolos gaulois. Éric avait une pâleur inhabituelle, un sweat-shirt bizarre – gris avec le slogan en noir : *Homme des Bois* –, une voix méconnaissable. Avait l'air d'avoir été sorti de sa vie par les pieds. Il me dit qu'il quittait Gwendoline. « Qu'est-ce qu'elle a encore fait ? – Rien. – Moi aussi j'ai horreur des femmes qui ne font rien. – Tu pourrais être sérieux cinq minutes ? – Oui, ce n'est pas long. – Elle a commencé par se plaindre que Guillaume ne l'ait pas mise sur la première liste du prix Femina comme je l'avais fait pour Maria. Elle croit que les éditeurs décident qui sera dessus et qui n'y sera pas. Ce n'est pas aussi simple. – Ne pas oublier de corrompre les jurés. – On avait dit cinq minutes. – Pardon. » Il vida sa bière. N'en commanda pas d'autre, d'où j'en conclus que son chagrin était moins grave que ce que je craignais. « C'est normal, Éric, qu'un auteur veuille, en septembre, figurer sur une liste de prix littéraire : il y en a plein. Quand je pense que j'ai défilé, au printemps 1973, contre la sélection. Maintenant, tout est sélection sur terre, même cette chose adorable et libératrice appelée littérature. – Il n'y a pas que ce problème de liste. – Gwendoline t'a trompé ? » Il me regarda avec fureur et je compris, après quarante années de recherche, ce qu'il y a au fond du rapport auteur-éditeur : de la haine

11 novembre 2019 : neuf mois que Zoé et moi sommes séparés, onze mois que Bob Horvat s'est suicidé, vingt-quatre heures qu'Éric a quitté son épouse et la mère de son troisième enfant. Qui fêtera – seule avec sa maman dans un appart-hôtel ? – ses 2 ans le 8 janvier 2020. Notre petit groupe trop fier de lui se disloque. Nous qui étions les uns pour les autres l'image du bonheur amoureux, familial, professionnel. On devrait le savoir que tout finit mal : c'est dans la Bible. Dans l'Ancien comme dans le Nouveau Testament. Et dans la plupart des chefs-d'œuvre de la littérature. Les happy ends ne sont pas faits pour

la vie mais pour les comédies romantiques qui ne sont pas la vie, raison pour laquelle on les regarde. Le crime contre la pensée de croire que la fiction s'inspire de la vie alors qu'elle la trafique comme un moteur de mobylette. « Gwendoline m'ennuie dès qu'on sort du lit. – Restez couchés. Ah, désolé, les cinq minutes se sont écoulées. Mais tu as l'habitude de l'ennui : tu lis des manuscrits. – Non : mes éditeurs les lisent, moi je les refuse. C'est ce que je préfère dans ce métier : refuser les manuscrits. Ils sont tous mauvais, même ceux que j'accepte. – Et ceux de Gwendoline ? – Ce qu'elle écrit est sans espoir, sans esprit : rien qu'un humour même pas noir, on va dire gris. – L'humour gris, moi, ça me plaît. Tu n'as pas aimé *Sensible* ? – Tu as lu les critiques ? – Je ne lis aucun journal : un de mes nombreux points communs avec Flaubert. – Elle se fait massacrer. – Ce serait le moment de la soutenir. Je demande à Éric s'il quitte la Slovaque parce qu'il n'aime pas son second roman. « Je n'avais pas aimé le premier non plus, mais j'étais amoureux. » Et leur petite fille ? Les gens font des enfants, puis se séparent. C'est odieux. « Va vivre en Irlande, le divorce est interdit. – C'est pour ça que Joyce ne voulait pas se marier. – Qu'est-ce qui l'a fait changer d'avis ? – L'Histoire. Cela dit, le divorce est autorisé en république d'Irlande depuis 1995. – Tu t'es renseigné ? – Non, je le sais. – Comment ? – Parce que les écrivains savent ce qu'il faut savoir, surtout à propos du divorce. »

Je revoyais Éric et Gwendoline dans le Perche chez Bob, le jour où ils nous annoncèrent, non sans précautions oratoires et rougeurs bienvenues, qu'ils attendaient un enfant. Alors que devant moi, dans ce café du carrefour Sèvres-Babylone, Éric me raconte son ultime explication avec Gwendoline (« Tu ne manqueras de rien. – Si : de toi. Tu as pensé à notre petite fille ? – À 2 ans, on ne se rend compte de rien. – Tu espères réfuter Freud à toi tout seul ? – Relis Nabokov. – Un écrivain que tu détestes. – Je les déteste tous. – Pourquoi en as-tu épousé un ? – Une. – Et me faire ça juste avant mon prochain salon du livre. Tu iras ? – Oui. J'ai besoin : pas encore rempli mon budget de 2019. – Mon budget à moi, ce sera quoi ? – Je te l'ai dit au début de la conversation : tu ne manqueras de rien »), je ne quitte pas le Perche où le couple, marié quatre mois plus tôt à Venise, rayonnait d'équilibre, d'insouciance, de légèreté. Le choc entre le présent et le passé, chaque année plus violent, me brise les côtes comme un boxeur. Thaï. Les coudes et les genoux du temps dans mon thorax et mes couilles. « La vraie raison, la raison de fond, et que je ne pouvais pas dire à Gwendoline, c'est que j'ai rencontré quelqu'un. – Quelqu'un de plus jeune qu'elle ? – Non, au contraire : quelqu'un de mon âge. – Ne me dis pas qu'après Gwendoline tu te mets au lit avec une femme de 65 ans ? – 62. Elle est sublime. – On ne peut pas dire ça d'une femme de 62 ans, sauf si c'est Sharon Stone. C'est

Sharon Stone ? – Non, c'est quelqu'un de plus important. – Une actrice ? – Quelqu'un d'important, je te dis. – Une productrice télé ? – Non. Elle est dans la politique. – Ne me dis pas que tu te fais Anne Hidalgo : je t'envoie mon vélo dans la figure. – Tu n'en as pas. – J'en achèterai un pour l'occasion. – C'est une ministre mais je préfère ne pas te dire laquelle. – La Culture, à tous les coups. – Non. – Au moins, elle ne te demandera pas de lui faire un enfant, et je sais que tu es contre l'adoption. Vous officialisez quand ? – Quand on en aura marre de jouer aux agents secrets par peur des paparazzi. – Ça va faire du bruit dans le landerneau, ta séparation avec Gwendoline. – Pas entendu dire que le divorce était une spécialité du monde littéraire. – Tu vas en prendre plein la tronche dans son prochain roman. – S'il est autant lu que les deux premiers, ça ne me fera pas grand mal. » Il le commande quand même, son deuxième demi, et je fais pareil car il ne faut jamais laisser un vieux copain se soûler tout seul, surtout si c'est votre éditeur.

23.

Mon âge, le nôtre : celui où ma mère, en 1989, devint veuve. Je me rends compte que je ne me rappelle plus en quelle saison mon père est décédé. Ne suis-je pas moi-même une sorte de veuf ? Quand je dîne avec Zoé ou que je déjeune avec Laetitia, j'ai l'impression de me pencher sur leurs tombes. Ou qu'elles se recueillent sur la mienne. N'aurai jamais vécu près d'autant de morts : ceux du cimetière Saint-Vincent et ceux du cimetière Montmartre, dont l'ancien nom est le cimetière du Nord. Avec Laetitia, j'ai habité pendant vingt-cinq ans près de celui de Montrouge. J'ai voulu y acheter une concession mais on m'a dit que j'étais trop jeune. Ça m'a flatté. Maman enfin seule, après la mort de papa, dans l'appartement de Romainville. Après mon départ de la maison, elle s'était installée dans ma chambre, laissant son vieux mari occuper seul le grand lit conjugal dans la sienne. Il préférait et elle aussi. Elle en avait assez d'entendre Albert Conil ronfler et d'être réveillée à chaque fois qu'il se levait pendant la nuit pour aller pisser. Et lui en avait marre de se faire reprocher ses ronflements auxquels il ne pouvait rien et sa vessie qui échappait à son contrôle. Lorsqu'après la mort de son mari elle put disposer de tout le logement, ma mère continua de dormir dans cette pièce qu'elle appelait le studio, comme si c'était un endroit à part, étranger. Quand on entrait dans le studio, on n'était plus là. La chambre d'Albert devint le salon télé où maman n'allait presque jamais car la télévision avait toujours été considérée par elle comme l'ennemi de sa famille (1963-1977), puis de son couple (1978-1989). Les seules émissions qui trouvaient grâce à ses yeux toujours un peu douloureux étaient les émissions médicales, mais j'ai déjà raconté ça dans un autre livre.

Seul rue des Trois-Frères comme Hawa le fut rue du 8 mai 1945 jusqu'à sa mort en 2005. J'espère qu'un jour le maire de Romainville débaptisera cette claire et disgracieuse artère pour lui donner mon nom. Des rues du 8 mai 1945, il y en a plein. À Nanterre, Poissy, Colombes, Gennevilliers, etc. Alors qu'une rue à mon nom, il n'y en a pas encore une seule. Lucien Conil (1954-...) écrivain. Maman savourait cette solitude, ce silence. Comme moi. Elle ne s'entendait plus appelée pour un oui ou pour un non par son mari perdu dans sa vieillesse, sa retraite qui est un retrait, sa télé allumée en permanence, les livres qu'il allait chercher dans ma bibliothèque devenue la sienne. Papa à la recherche de ses années disparues, quand il avait une belle voiture, une jolie jeune épouse amoureuse de lui et un fils premier de la classe. À présent dans la prison de la vieillesse et de la maladie. Et elle, Hawa, ancienne gymnaste turque en surcharge pondérale pour cause de trois repas par jour alors que désormais elle ne mange qu'une fois dans la journée, au milieu de l'après-midi. Quelques tomates crues, du fromage de brebis, parfois un peu de charcuterie savoyarde, le tout avec un ou deux verres de vin. Quand on vit seul, on n'a pas besoin de se soûler, puisque personne n'est plus là pour nous emmerder avec son ego en souffrance. Hawa dormait dix-huit heures par jour. Ses amies – voisines de palier et de belote – trouvaient que c'était trop, que ça cachait quelque chose, peut-être une dépression nerveuse. Hawa disait que dans ses rêves elle était jeune et belle à Istanbul, alors pourquoi se priver de sommeil ?

La paix. Ce que ma mère et moi avons gagné dans notre double veuvage. Et l'ordre. Papa avait horreur de ranger et Zoé ne remarque pas le désordre. La discipline. Pour réussir à vivre sans amour, il faut un emploi du temps strict et une sobriété qui font de chaque petit écart de conduite ou de régime une fête mémorable. Sans le cycle sans fin des prières, des cérémonies et des servitudes, aucun religieux ne survivrait dans un couvent. Je me réveille et me lève chaque matin à 6 h 50. Maman, c'était 10 h 30. Elle préparait aussitôt du thé, la potion magique de l'islam. Sans les litres de thé bus de son vivant, Mahomet aurait-il conquis la moitié du globe, je le répète, *après sa mort* ? Une conquête durable, au contraire de celles des communistes. Après une ou deux tasses de thé, Hawa se recouchait. Ce qu'elle appelait terminer sa nuit. Elle se réveillait à l'heure où je finis d'écrire – midi – et me mets en route pour déjeuner en ville. Descendre à Montparnasse par le métro 12 ou le bus 68. Ma vie désormais partagée entre deux monts : le Parnasse et le Martre. Maman passait sous la douche, s'habillait et prenait un déjeuner frugal. Puis, déjà, se recouchait. Pour une longue sieste. Elle aimait, l'hiver, se réveiller quand la nuit était tombée. Elle détestait le jour, sur lequel elle fermait les yeux. Encore quelques tasses de thé, une vague présence devant le poste de télévision, quelques courses alimentaires. Puis Hawa allait, selon son expression, commencer sa nuit dans mon ancienne chambre. Quand, au cours de ces déjeuners où elle m'avait préparé des plats de son pays qui est aussi beaucoup le mien, je lui faisais remarquer que seuls les lions dorment vingt heures sur vingt-quatre, les lionnes étant plus actives, elle répondait qu'elle était maintenant plus heureuse qu'elle ne l'avait jamais été, car elle avait eu sommeil toute sa vie. C'était seulement aujourd'hui qu'elle pouvait dormir. À chacun de mes passages rue du 8 mai 1945, je la trouvais plus rose, plus guillerette, plus légère. Pour une dépressive, elle se portait bien. N'est-ce pas mon cas depuis le départ de Zoé ? La Zoé que j'aimais n'est plus et celle que j'ai parfois devant moi par accident ou commodité est une étrangère qui ne m'aime pas et que je ne connais plus. Je reçois, en échange d'elle, une solitude claire, presque miraculeuse. Les Trois-Frères n'est plus un domicile conjugal avec ses odeurs de linge et de cuisine. Étouffés les cris d'enfant, disparues les chaussures empilées derrière la porte d'entrée. L'appartement est vidé de son désordre familial et de sa puérile saleté. Il respire, toutes fenêtres ouvertes. « On se les gèle », l'une des rares phrases de Zoé dont je me souvienne. La seule ?

Les choses à leur place sont un gain de la matière la plus précieuse : le temps. Nous disposons de peu d'années sur terre, autant ne pas les raccourcir en cherchant nos affaires. Théorie inverse, défendue par Zoé : pourquoi perdre du temps à ranger nos affaires puisqu'on les dérangera demain ? Le désordre est-il une preuve d'intelligence ou de bêtise ? Peut-être n'est-il une preuve de rien du tout. Ma satisfaction esthétique devant un frigo vide, sauf d'eau minérale. Ai-je fait peur à Zoé avec ma passion de l'ordre qu'elle qualifiait de morbide et dans laquelle je m'épanouis aujourd'hui ? J'ai hâte, chaque soir, de retrouver ce domicile où les espaces sont respectés. Aucun jouet abandonné dans le vestibule, sur lequel je pourrais trébucher. Pas de ces sacs bien lourds comme les aime Zoé, qui a l'impression, quand elle marche dans la rue sans porter quelque chose, d'être nue. La maison, sans eux, ressemble à ce qu'elle voulait être, comme une femme après une opération du nez. Je sens que, du fond de son cœur improbable, l'appartement me remercie de lui avoir rendu l'harmonie, le calme, la beauté qu'il y a dans l'ordre. On dit entrer dans les ordres, pas dans les désordres. L'ordre est divin, le désordre vain. Lors d'une visite protocolaire faite rue des Trois-Frères, il aura suffi de quelques minutes à ma belle-fille pour transformer son ancienne chambre, ce petit repère minimal où je dors désormais chaque nuit, en champ de bataille de Lego, poupées, pistolets, albums de *Caroline*, pièces de monnaie périmées, mouchoirs en papier, DVD pour enfants. Il m'aura fallu près de vingt minutes, après le départ de l'enfant et de sa mère, pour remettre chaque chose à sa place. La première fois où, en présence de Zoé, j'étais impatient qu'elle s'en aille. Depuis ce jour, une métamorphose a commencé en moi. Un poids m'était enlevé du cœur, celui que je portais depuis le mois de mars. Il faut donc huit mois pour guérir d'un chagrin d'amour. Un mois de moins que pour faire un enfant.

24.

Salon du livre dans une ville du centre de la France, peu avant l'annonce des lauréats des grands prix littéraires d'automne. Je n'y étais pas mais on me l'a raconté. Six fois. D'abord, au téléphone, Éric, de sa chambre du Relais des Châteaux dont il ne sortait presque pas par crainte de croiser Gwendoline sur le stand d'un libraire ou dans les allées du salon. À son retour, alors que nous ne nous étions pas revus depuis la nuit stambouliote, Natacha me convoqua rue de Courcelles, me fit l'amour en vitesse comme on cuit un steak à un ado affamé après une journée de sport, puis me livra une description dramatique de ce week-end qui avait été tout sauf littéraire. Avec Zoé, dans notre restaurant italien de la rue Lepic où nous dînons désormais ensemble une ou deux fois par mois, les seuls sujets de conversation sur lesquels nous nous aventurons étant liés à l'édition. Maria a été la moins bavarde car les grands bourgeois, même grecs, prennent soin de ne pas raconter leurs humiliations.

Guillaume a été le plus prolixe, s'étant dépensé pendant le week-end pour que le second roman de Maria – *Le Jour heureux* – obtienne un prix, reprochant à Éric de, pour reprendre une expression qui choqua son ami, ne pas beaucoup « remuer son popotin » pour Maria. Gwendoline dut affronter les questions hostiles de lecteurs et lectrices, de couleur ou pas, encore énervés par ses déclarations de la mi-août. De ces six versions, du reste proches les unes des autres, je vais tenter de tirer un compte rendu honnête.

Gwendoline hésita plusieurs jours avant de se rendre dans le centre de la France. Elle me dit au téléphone qu'elle serait encore la seule Noire. Elle en avait marre de ce pays dont les habitants ne cachaient plus leur racisme. Après avoir confié Athalie à la mère d'Éric – ces grandes bourgeoises chrétiennes dont le dévouement sec et ombrageux est le billet pour arriver au paradis en first –, elle retrouva son attachée de presse à la gare de Lyon le vendredi après-midi et monta dans un TGV dont deux wagons avaient été réservés par la ville où avait lieu la fête. Gwendoline découvrit, à quelques rangs d'elle, son ancienne éditrice Zoé, Maria et Guillaume. Elle ignorait s'ils étaient au courant – « Nous ne l'étions pas », m'apprit mon épouse en mangeant un de ses penne sur deux à la Rughetta – de sa rupture avec Éric mais préférait ne pas avoir à se poser la question. Pour les écrivains des deux sexes présents dans le wagon, elle était toujours Mme Lorrain, la belle épouse, issue de la diversité, du célèbre éditeur. Plusieurs auteurs, en majorité ceux édités par son mari, se levèrent pour lui rendre un hommage bavard. Pendant le trajet, Maria vint converser avec elle, bientôt rejointe par Zoé. N'étaient-elles pas d'abord des amies ? Seule Natacha manquait à leur trio. Selon Guillaume, son éditeur, l'auteur des *Âges* arriverait en fin d'après-midi et serait présente au dîner offert par le maire et que manquerait Éric. Gwendoline n'était elle-même pas sûre d'y assister. « Si au moins il y avait une autre Noire, se plaignit-elle. – Et une autre Slovaque », ironisa Guillaume qui ne pouvait pas voir un groupe dont il ne faisait pas partie sans avoir aussitôt envie d'en faire partie et s'était donc déplacé, outre qu'il appréciait le fait d'être vu, par tous ces auteurs dont certains l'avaient trahi ou avaient simplement échoué, en compagnie de trois beautés : son épouse, la mienne et celle d'Éric. Natacha, au dîner, compléterait ce tableau. Elle nota, dans la salle des fêtes de la mairie transformée en restaurant pour l'occasion, que Gwendoline n'était pas à l'aise, du moins pas aussi à l'aise que lorsqu'elle avait son mari auprès d'elle. Éric Lorrain était la bonne quantité de blanc dont elle avait besoin pour se sentir aimée des Français. Natacha ne portait plus le deuil de Bob Horvat dont le suicide remontait à presque une année, mais elle avait tendance, comme Zoé, à ne porter que du noir. Ou du blanc. Je les appelais les Échiquéennes. Dans un dîner, plus on est proche de la puissance invitante – ici, le maire –, plus on se sent honoré. Guillaume, placé assez loin de l'élu dont Natacha était tout près, développa, entre une Zoé et une Maria peu intéressées, l'idée qu'il n'y avait aucun privilège à être installé à côté du maire d'une ville moyenne de la province française, aussi centrale fût-elle. « Et pourtant, conclut-il, j'en souffre. Comment expliquez-vous ça, les filles ? » Zoé désarçonnée d'avoir à répondre à une question qu'elle n'avait pas posée et Maria toute au plaisir d'avoir un mari et une place – une chaise – dans la littérature français contemporaine.

Sortir : maître mot de toutes les jeunes générations, à toutes les époques. Gwendoline refusa d'accompagner Guillaume et Natacha dans l'unique boîte de nuit de la ville et Maria prétexta une légère fatigue pour rentrer à l'hôtel avec elle. Zoé avait un rendez-vous téléphonique avec son amant kazakh et préférait prendre l'appel dans sa chambre plutôt que sur un dance-floor. Natacha se retrouva donc seule avec Guillaume au Lights On, en compagnie d'une dizaine d'auteurs, d'éditeurs, de journalistes et d'attachées de presse. Elle reprocha à Guillaume de laisser Maria seule à l'hôtel. Il expliqua que Maria était son épouse mais que Natacha était son auteur et que, dans une fête – ou un salon – du livre, un auteur était plus important qu'une épouse. Au Lights On, il dit qu'il avait oublié à quel point le gin tonic avait un goût d'eau de Cologne. Natacha l'entraîna sur la piste où, au milieu de ses collègues de l'édition, il s'agita avec une conviction réfléchie. La Russe avait le même genre de beauté que la Grecque, avec quinze ans de moins. À mesure que les heures s'engouffraient dans un trou dont Guillaume, de plus en plus saoul, cherchait en vain l'entrée, Natacha sentait que l'éditeur, centimètre par centimètre, se rapprochait de sa bouche, de ses seins, de sa chatte. À quel moment l'entraînerait-il dans les WC pour la violer ou lui demander une fellation ? Elle n'était pas certaine, me confia-t-elle, de refuser. Son destin littéraire n'était-il pas entre les mains de ce petit homme musclé et haletant ? En l'écoutant, je me sentais cocu alors que nous n'avions fait l'amour ensemble que deux fois. La réalité manque de poésie, c'est pourquoi nous écrivons de la fiction. Peu avant l'aube, alors que les fêtards parisiens se dispersaient en titubant dans la ville encore endormie, Guillaume tenta d'embrasser Natacha sur la bouche. Elle détourna la tête. Refuser un baiser, c'est refuser le baiser de la paix : c'est donc la guerre. La Russe comprit qu'elle venait de se faire un ennemi, qui s'excusa avec un sourire haineux en marmonnant : « Trop de gin tonic. » On peut dater de ce moment la fin de notre petit groupe de Saint-Germain-des-Prés, déjà bien entamé par le suicide de Bob Horvat. Plusieurs fois déjà qu'on avait proposé une bio du chanteur à Éric, Guillaume et même Zoé. Il y en a deux qui sont en train d'être écrites, elles paraîtront dans le courant de l'année prochaine, mais chez d'autres éditeurs. Guillaume éviterait Natacha par honte et colère, Natacha ne s'approcherait plus de Maria par pudeur, Maria s'éloignerait d'Éric par solidarité avec Gwendoline et de moi parce qu'elle m'en voudrait de ne pas avoir réussi à lui faire obtenir le prix où je suis juré.

Débats et signatures se succédèrent pendant tout le samedi. Natacha retrouva Maria, un peu avant le déjeuner infect offert par la mairie dans un chapiteau qui tanguait sous le vent et la pluie, pour une causerie intitulée « Autrices en exil ». Gwendoline aurait pu y participer aussi mais on l'avait inscrite à la rencontre « Europe de l'Est, trente ans après ». Toujours la Slovaquie. Y reviendra-t-elle après son divorce ? Avec la pension que lui versera Éric pour Athalie, elle sera riche à Bratislava. De retour sur leur chaise mais pas sur le même stand, elles dédicacèrent quelques livres, puis Guillaume emmena Zoé et Maria déjeuner dans un restaurant étoilé du voisinage, Natacha ayant refusé de se joindre à eux au visible soulagement de l'éditeur. Gwendoline n'avait pas le cœur à déjeuner – le principal avantage d'un chagrin d'amour : perdre du poids, voir la première page de ce roman – et Natacha n'avait pas plus envie de rester seule que de se retrouver en face de Maria à une table de restaurant : elles entrèrent dans le premier café en dehors du salon et commandèrent deux thés, au lait pour Gwendoline et au citron pour Natacha. Une vague de silence les avait accueillies à leur entrée dans l'établissement, à laquelle l'une et l'autre étaient, du fait de leur grande beauté, habituées. La Slovaque confia à la Russe qu'elle allait divorcer d'Éric et Natacha lui apprit qu'elle avait couché avec moi. Gwendoline dit que ça devait arriver. La Russe lui demanda pourquoi. « Parce que vous vous ressemblez : chauds dehors, froids dedans. Vous êtes des profiteroles. » Cette relation avait-elle, selon la Slovaque, un avenir ? Gwendoline, au mot avenir, pleura. Les clients du café crurent-ils à une scène de rupture entre deux belles lesbiennes ? Natacha tapota la main de Gwendoline et, pour la consoler, dit qu'Éric Lorrain paierait un max. « Quand on touche une grosse pension de son ex-mari, ça fait peur aux autres hommes », se plaignit Gwendoline. Puis elle aperçut son mari marchant, de son pas élégant, vers le salon, et pleura de nouveau.

25.

21 novembre 2019 : déjeuner avec Laetitia à la Rotonde, boulevard du Montparnasse, et dîner avec Zoé à la Rughetta, rue Lepic. En tout, trente ans de ma vie : vingt-cinq avec Laetitia, cinq avec Zoé. Étalés sur deux tables. Une nappe blanche pour le quart de siècle, du bois pour le quinquennat. Laetitia fluide et lumineuse comme quelqu'un débarrassé de moi depuis l'année 2016. Sa tenue pas démodée de jeune femme du baby-boom qui vient de dépasser les 65 ans. Je commande deux soles. Laetitia se demande si elle ne préférerait pas, aujourd'hui, de la viande. Ce que, pendant vingt-cinq ans, a pu m'énerver son indécision devant une carte de restaurant. Bien que je l'enfouisse sous un bon cœur d'ex-mari patient et réconcilié, elle sent monter en moi une vague colère et referme le menu, disant en vitesse : « Une sole, c'est bien. » A-t-elle encore peur de moi ? Dire à Henri que la chose qu'il ne faut jamais faire sur la terre : peur. Les gens oublient la souffrance physique et même leurs chagrins

d'amour mais la peur qu'ils ont eue reste dans leur âme jusqu'à la mort. La plate colère de Laetitia, qui vibre dans ses calmes yeux bleus. Pourquoi déjeune-t-elle avec moi ? Pour constater, à chaque fois, qu'elle ne m'aime plus ? Si elle m'aimait encore, elle me le dirait. Nous abordons des sujets généraux parmi lesquels notre fils. C'est, depuis vingt-sept ans, l'unique passion de mon ex-femme. Je distingue soudain dans sa voix un peu d'émotion. Il m'est presque aussi intolérable d'être aimé que de ne pas l'être. Un vieux ne supporte plus rien, c'est ce qui le rend insupportable. Les vieilles se battent en vain mais pendant ce temps pensent à autre chose qu'à leur âge. À quel moment suis-je de ma relation avec Laetitia ? Quelle année parmi les vingt-cinq de notre vie commune ? Je regarde ses gestes, ce sont les mêmes que ceux de notre premier déjeuner dans ce restaurant chinois du boulevard Arago au printemps 1992. La carte du temps n'est pas tendre. Retrouverai-je un jour ma raison dans cet entrelacs ridicule d'instants gâchés ? Sur le trottoir, nous ne nous embrassons pas. De peur d'un tremblement de terre engloutissant nos souvenirs communs ? Elle descend dans le métro comme une morte et je marche dans le mois de novembre. J'aime le froid car on peut s'en protéger. Je reconnais ma ferveur adolescente pour le néant, c'est-à-dire la liberté. Aurais-je du chagrin pour une sexagénaire bientôt septuagénaire ? Les rues sont droites et belles, le ciel d'un gris accueillant. Mes gants me séparent de tout le monde. Je marche vers nulle part, c'est un profond repos. Je remonte à pied aux Trois-Frères, une petite heure de randonnée sans l'ennui des paysages. Ni déroutantes montagnes, ni forêts absconses. Allongé sur mon canapé blanc, j'attends le deuxième round de mon combat perdu d'avance contre moi-même. À la nuit tombée, je prends la rue des Abbesses jusqu'à la rue Lepic, puis la rue Lepic jusqu'au restaurant. Je suis en avance, Zoé aussi. D'un bon quart d'heure. Elle refuse le verre de Soave par lequel nous avons l'habitude, depuis le printemps 2016, de commencer notre repas italien. « Tu as grossi. – C'est normal : je suis enceinte. » C'est bien ce que je pensais : la vie va continuer sans moi. « Du Kazakh ? – Il a un prénom. – Je m'en passerai. – Tu es fâché ? – Non, je suis heureux pour toi. » J'ai dit cette phrase par ironie et je me rends compte qu'elle est vraie : je suis heureux pour elle. Mais pourquoi ? Écrire un autre livre pour comprendre celui-ci. Nous commandons les mêmes plats qu'à l'époque où Zoé n'était pas enceinte d'un autre homme : penne arrabiata pour elle et spaghettis pomodoro pour moi. Je boirai seul un verre de Soave. Puis un autre. « Le Kazakh va venir à Paris ? – Il n'en est pas question pour l'instant. – Tu veux divorcer ? – Ce serait mieux, non ? – Tu t'en occupes. – Non : toi. – C'est toi qui es enceinte, c'est toi qui t'y colles. – J'ai trop de travail. – Moi, je n'ai pas envie. – On fait quoi, alors ? – On mange. » Comme je n'aimerais pas être une femme de 40 ans enceinte d'un poète kazakh, me dis-je en entamant mes spaghettis. Zoé rivée à son ventre. Elle se lève pour aller faire pipi. « Tes penne vont refroidir. » Elle sourit, soupire. Disparaît. Peut-être ne reviendra-t-elle jamais des toilettes de la Rughetta. Je vais me réveiller de ce mauvais rêve. Non, la voici de retour. Encombrée d'elle-même. D'une éjaculation. Ridicule et majestueuse. Lequel de nous deux a-t-il été la victime de l'autre ? Attachée pour la seconde fois à notre maudite terre. Elle a refait le nœud. Je regarde entre nous tout ce temps à ne pas passer ensemble. Cette brûlure dans ma poitrine, qu'est-ce que c'est ? Une attaque cardiaque ou un chagrin d'enfant, donc gros ? Le lumineux devenu sombre. Ai failli, en rédigeant ces dernières pages, mourir de tristesse – mais l'arrivée de ma femme de ménage philippine m'a redonné le goût de vivre. Dit-on la grossesse parce que les femmes enceintes sont grosses ? Zoé est pressée – un manuscrit à préparer pour envoyer demain matin à la fabrication – et moi aussi : impatient de sortir du cauchemar de la réalité. Nous nous séparons sur le trottoir comme devant un peloton d'exécution. Je marche ensuite jusqu'à la rue de Courcelles pour me donner le temps de réfléchir au message que, sous ses fenêtres, j'enverrai à Natacha Kouraguine. Ou pas.

DU MÊME AUTEUR *(suite)*

Aux éditions Mille et Une Nuits

LE SEXE FIABLE
SOLDERIE
ENCORE QUE
LA FEMME RICHE
L'ORGIE ÉCHEVELÉE
ZODIAQUE AMOUREUX
MARILYN MONROE N'EST PAS MORTE
LA TITANIC
ET LA NUIT SEULE ENTENDIT LEURS PAROLES
LES ANNÉES ISABELLE
LE VIOL DE MYKE TYSON
COME BABY (Prix Duménil)
NOUVELLE GALERIE
PENSE-BÊTE suivi de SORTIES

Aux éditions Gallimard

DÉPLACEMENTS
SARKOZY À SAINTE-HÉLÈNE

Aux éditions Grasset

LA SCIENCE DU BAISER
LES FRÈRES DE LA CONSOLATION
LE DEUXIÈME COUTEAU
LA PRÉSIDENTIELLE
CAP KALAFATIS
ABÎMES, FREDAINES ET SOUCIS
LE MILIEU DE TERRAIN (Prix Antoine Blondin)

Aux éditions Bartillat

28, BOULEVARD ARISTIDE BRIAND
TOUR JADE
LES JOURS INTIMES

Aux éditions de l'Âge d'Homme

SONNET POUR FLORENCE REY et autres textes
SNIPER ALLÉE

Aux éditions Stock

DIS-MOI POURQUOI
TOUT LE POUVOIR AUX SOVIETS

Aux éditions Plon

NE METS PAS DE GLACE SUR UN CŒUR VIDE

Aux éditions Le temps des Cerises

L'ARGENT DU PARTI
LE HUSSARD ROUGE

Aux éditions du Rocher

LA BOUM (avec Danièle Thompson)
PAS TROP PRÈS DE L'ÉCRAN (avec Éric Neuhoff)
LA MÉMOIRE DE CLARA

Aux éditions Cavatines

MA RENTRÉE LITTÉRAIRE

Aux éditions Fixot

NOCES
THÉÂTRE CHOISI

Aux éditions Favre

LIMONOV & PARIS (photos Gérard Gastaud)
BIÉLORUSSIE (photos Nicolas Righetti)

Aux éditions de la Renaissance

PARIS VU DANS L'EAU (photos Waldermar Gielarek)

Aux éditions Laffont

LES LÂCHES ET LES AUTRES

Aux éditions Flammarion

NICE-VILLE

Aux éditions Privat

PETIT ÉLOGE AMOUREUX DE LA LIBRAIRIE

Composition et mise en pages
Nord Compo à Villeneuve-d'Ascq

Cet ouvrage a été achevé d'imprimer
par CPI Firmin-Didot au Mesnil-sur-l'Estrée
pour le compte des éditions Grasset
en septembre 2022.

PAPIER À BASE DE
FIBRES CERTIFIÉES

Grasset s'engage pour
l'environnement en réduisant
l'empreinte carbone de ses livres.
Celle de cet exemplaire est de :
650 g éq. CO_2
Rendez-vous sur
www.grasset-durable.fr

N° d'édition : 22603 – N° d'impression : 170.969
Dépôt légal : octobre 2022
Imprimé en France